中国古典
之门丛书

魏晋风流多少事

——趣解《世说新语》

WEIJIN FENGLIU DUOSHAOSHI

理 洵◎著

语文出版社
·北京·

图书在版编目（CIP）数据

魏晋风流多少事 : 趣解《世说新语》 / 理洵著. -- 北京 : 语文出版社，2016.7
ISBN 978-7-5187-0380-7

Ⅰ. ①魏… Ⅱ. ①理… Ⅲ. ①历史人物－生平事迹－中国－魏晋南北朝时代－通俗读物②笔记小说－中国－南朝时代③《世说新语》－通俗读物 Ⅳ. ①K820.35-49 ②I242.1

中国版本图书馆CIP数据核字(2016)第165653号

责任编辑 谢 惠
装帧设计 梁 明
出　　版 语文出版社
地　　址 北京市东城区朝阳门内南小街51号　100010
电子信箱 ywcbsywp@163.com
排　　版 北京杰瑞腾达科技发展有限公司
印刷装订 北京市兆成印刷有限责任公司
发　　行 语文出版社　新华书店经销
规　　格 787mm × 1092mm
开　　本 1 / 16
印　　张 13.5
字　　数 176千字
版　　次 2016年8月第1版
印　　次 2016年8月第1次印刷
印　　数 1－3,000
定　　价 36.00元

010-65253954(咨询) 010-65251033(购书) 010-65250075(印装质量)

序

《世说新语》品读系列文字断断续续写了有八年之久，历年勤懒不一，今年写得多了一些。在这几年里，这些文字曾经受到《信息时报》《天涯读书周刊》等纸媒、网刊的青睐，都以专栏的面目出现过，江苏盐都画院院刊刊载时还为每篇文字匹配了一位画家的作品，使它增色不少。这样的境遇，让作者除了感激与欣慰之外，就想着能多写一些。

《世说新语》这本书，自它面世以后，就让其他同时期的同类书籍变得逊色起来，有些便湮没于历史的长河而不复见于人间了，但它却在一千五百余年中一直受到读书人的欢迎而长盛不衰。以现在的眼光看，它的光彩还将耀人地持续下去，并与日月争辉。它是小说的，也是历史的，更是大众的，所以生命力旺盛。有人说它是才子必读书，也有人说它是名士教科书，大抵可以看出它的内容与价值；民间还有一种说法是，“家有万贯不如手有《世说》一本”，亦可见它在民间的影响力了。风烛月残，繁华易凋，而现时的人们还能读到这样一本书，应该是很幸运的。

我读《世说新语》的本子，是明嘉靖袁褧嘉趣堂翻刻的南宋陆游刻本。它是太老了，以至于阅读起来让人感到吃力。它的文字不好理解，方言口语较多，涉猎知识面广，如果以现代的语境去体会，往往会有所偏差，再加上它流传的版本较多，有些疑难问题就很不好推敲，但我还是喜欢读它。在闲时阅读它，自己也会忽略一些小的障碍，而去寻求一种心灵的愉悦，但偶尔也会较真起来，在一个知识点上较劲，去查阅大量相关的资料，尽量使心里的疑问有所冰释，于是随手记下一些阅读的感受，就是现在的品读系列文字了。窃不敢以为高明，所记不过是一些私人阅读的体会罢了，它甚至于不能登大雅之堂，但倘能传递出一些因为阅读所获得的知识、情趣和襟怀，则实是大有裨益的事。

天生我才无用，所以总是闲的时候多。有闲的时候，就翻翻《世说新语》，从书中的故事寻找心灵的寄托与安慰，以打发自以为无趣的光阴。读书于己，大抵只是消费时光的一种方式，实在亦无什么特别的意义。人谓读书无用，甚至于读书无益，个体差异有别，都不能算作罪过，而于自己，不为无益之事，何以遣有涯之生，亦只好读书去了。况且，读诸如《世说新语》一类的书籍，总能给人以愉悦的阅读体验，让人觉得生活多少还有些意思，毕竟是让人感到高兴的。阅读之外，再能借题闲说，而并无春秋大义存焉，则就是分外的高兴了。

读者鉴之。

理 洵

2015 年 12 月 30 日于古长安

目 录

丘壑独存

叶圣陶 1977 年 1 月写信给俞平伯："谢国桢属弟书篆字联，点戏用朱彊村之句'信步园林以诗酒自适，小头风范而丘壑独存'。弟不晓'小头风范'何意，敢以为问。"而后书信往来，探究其故，终于在同年 2 月 3 日复信给俞平伯说："谢刚翁覆书已至，'小头风范'之'头'字系彼误书，询之陈从周，当作'颓'字。"事见二人书信集《暮年上娱》。

这副对联后来就成为很有名的联语了，在很多的有关叶圣陶和谢国桢的文字资料中都有出现。据谢国桢说，对联词句是陈从周送与他的。大致"头""颓"之误，很可能是因汉字繁简在抄写过程中出现的笔误，"头"字的繁体"頭"手写是比较像"颓"字的，这是我的猜测。而在陈从周有名的《说园》系列文字中，"小颓"一词确实出现过，"童俊老人曾谓，拙政园'苔藓蔽路，而山池天然，丹青淡剥，反觉逸趣横生'。真小颓风范，丘壑独存，此言园林苍古之境，有胜藻饰"。这意境是能感觉出来的。

其实"小颓风范，丘壑独存"这些字，在《世说新语》"容止门"第二十四篇中可能是出现得最早的。太尉庾亮在武昌镇守时，一个秋夜佐吏殷浩、王胡之等人登上南楼吟诗，他穿着木屐带着随从突然到了现场，大家都要回避却被他劝住，说他于此也有兴趣，于是就和大家讽咏戏谑，毫无拘束地尽情欢乐。后来，王羲之把这件事说与丞相王导，王导说：“元规（庾亮字）尔时风范不得不小颓。”羲之回答说：“唯丘壑独存。”用现在的话说就是，“那时，元规的风度不得不稍有减损”“但是胸中高雅的情趣还是存在的”。“丘壑独存”，是指闲逸、超脱的胸怀情趣。

人的内在美是以人的智慧、品格、才华为基础的，《世说新语》“容止门”各篇就特别注重人的内在美的表现，把人超凡脱俗的风姿神韵通过“容止”表现出来了。其中，对庾亮的描写就相当成功。倘若用时下的现象比照，就是说领导忽然放下了架子，与下属放纵声色卡拉 OK 了一回，不过那时是理调吟诗罢了。明袁中道看到这则故事时称是“韵事”，而韵事倒写出了太尉的真性情，虽在外人看来风度稍减，但骨子里内在的神韵还是掩饰不了。孙绰《庾亮碑文》中说：“公雅好所托，常在尘垢之外，虽柔心应世，蠖屈其迹，而方寸湛然，固以玄对山水。”更是说出了庾亮内在的美，两篇文字是能够相互印证的。

“信步园林以诗酒自适，小颓风范而丘壑独存”，有着很好的意境，以此联谓谢刚主，应该是妥帖的。

原文：

【容止 14·24】庾太尉在武昌，秋夜气佳景清，佐吏殷浩、王胡之之徒登南楼理咏，音调始遒，闻函道中有屐声甚厉，定是庾公。俄而率左右十许人步来，诸贤欲起避之。公徐云：“诸君少住，老子于此处兴复不浅。”因便据胡床与诸人咏谑，竟坐甚得任乐。后王逸少下，与丞相言及此事，丞相曰：“元规尔时风范不得不小颓。”右军答曰：“唯丘壑独存。”

学驴叫

学驴叫这种事，在《世说新语》正文及注中，我记录了三个条目，可能全书就这三个条目，其中一则是集体行为，另两则为个人行为。“伤逝门”开篇即说，王粲活着的时候喜欢听驴叫，下葬时魏文帝曹丕亲临丧礼并对同行的人讲：“王粲喜欢听驴叫，可以每人学一声送他。”于是，在场的人就都学了一声驴叫。

王粲是“建安七子”之一，最先跟着刘表干，刘表看不上他，后来就投奔了曹操。曹操很喜欢他，行军打仗总是带着他。他和曹氏父子感情都很好，平日里还有书文问答，而他的《七哀诗》和《登楼赋》就足以代表建安文学的风骨了。汉献帝建安二十一年（216），王粲随曹操征讨东吴。次年春，在返回邺城途中，王粲病死了，才活了四十一岁。用今天的话说就是英年早逝，曹丕、曹植后来在文章中都说到过这件事，我也觉得是十分可惜的。

另两则学驴叫的故事，一则是讲东汉时有个叫戴良的人，他母亲喜欢听驴叫，他就学驴叫让他母亲高兴，后来竟有了孝子的美名。另一则是说孙楚很敬重王济，王济死时名士到场的很多，孙楚因王济在世时喜欢听他学驴叫就叫了一回，而且很逼真，名士们都被他逗笑了，他还骂了他们几句。

学驴叫是魏晋文人的一种习气，他们大致是受了东汉文士的影响，把歌啸作为行气修炼的养生术，平时修炼时还要尽量让气拉得长一点，声音大一点，以增强修炼的效果。另外，吟啸也能展示文人的风度仪态，因而有学蝉鸣的，有学猿啼的，更有学驴叫的。我的理解是，就像今天我们到山里去站在悬崖上大喊，或者是晨练时喊叫，都有着这样的意义。不过，如果单纯看这三则故事，我觉得更应该看到魏晋时人的真情、深情和率性自然，他们对朋友、对亲人都是一腔真情和深情。学驴叫这种事，我们小时候也许做得出，但成年后被社会“洗脑”，也许就做不出了，其实是我们失去了“自我”。

行文至此，似觉仍有可以商榷处。王粲的丧礼，魏文帝让大家学驴叫，大家是没有意见的；王济的丧礼，孙楚学驴叫，名士们都笑了，真是“同是送丧，情形两样”。其实，前者是一种“集体无意识行为”，名士们的思想被权威“强奸”了，不管他们自知与不自知，都是没有用的；而孙楚呢，我们都没有叫，你一个人叫了，所以我们都要笑你。这种情形，可以在当下许多社会领域找到影子，而且有愈演愈烈之势。这是一种社会现象，也是一种动物心理现象，动物学家不妨研究一下。

《世说新语》“伤逝门”十九篇，是说情的，悲情的。魏晋名士用情之真、用情之深，这都是我们今天所丢失的，所看不到的。王戎所谓“情之所钟，正在我辈”，也应该是我们对魏晋名士要说的心里话。清张潮《幽梦影》有云：“情之一字，所以维系世界；才之一字，所以粉饰太平。”拨开人世的五彩，我们也仅仅看到“情”之一字，其他的一切对我们来说，倒像全是多余。

原文：

【伤逝 17 · 1】王仲宣好驴鸣。既葬，文帝临其丧，顾语同游曰："王好驴鸣，可各作一声以送之。"赴客皆一作驴鸣。

【伤逝 17 · 1(刘注)】戴叔鸾母好驴鸣，叔鸾每为驴鸣以说其母。人之所好，傥亦同之。

【伤逝 17 · 3】孙子荆以有才，少所推服，唯雅敬王武子。武子丧时，名士无不至者。子荆后来，临尸恸哭，宾客莫不垂涕。哭毕，向灵床曰："卿常好我作驴鸣，今我为卿作。"体似真声，宾客皆笑。孙举头曰："使君辈存，令此人死！"

三字做官

晋怀帝当朝，阮修的名声很好，太尉王衍见他问道："老庄与孔教有何不同？"阮修回答说："将无同。"太尉欣赏他的话，就召他为曹掾，时人因此叫他"三语掾"。人长得很好又做着太子洗马的卫玠就嘲笑他说："一言就可以征召，何必借助三语。"阮修反驳说："假使是天下人心所望，无言也能被征召拜官，又何必借助一言？"后来，两人还成了好朋友。这是《世说新语》"文学门"里的第十八则故事，它的核心在"将无同"三字。

"将无同"三字首先涉及的是语言的方言问题。王力先生曾在《汉语史稿》中说："魏晋的文章和口语距离不远。自从南北朝骈文盛行以后，书面语和口语才分了家。在这时期中，只有《世说新语》《颜氏家训》等少数散文作品是接近口语的。"鲁迅先生也在《人生识字糊涂始》一文中说："《世说新语》'从活人的嘴上，采取有生命的词汇，搬到纸上来'。"实际情况就是如此。有专家说，《世说新语》是中古汉语的"活化石"，因为它保留了许多当时语言的原生态成分，如"阿堵""如馨""宁馨"等，当时是通俗易懂的，只是随着口语流变，我们现在才觉得成了障碍。《世说新语》中的俗语主要是士族"沙龙"里通行的口语，以及河洛、江南等地流行的方言。“将无同”也是，用现在的话说就是：莫非相同，恐怕相同。“将无”是固定的晋人口语，表示揣度而偏于肯定之意，是《世说新语》中的常用词，如“德行门”中故事十九、“任诞门”中故事四十里都有。

鲁迅先生在《中国小说的历史的变迁》里有段话说到相关的内容，他说：“‘将无同’三字，究竟怎样讲，有人说是‘殆不同’的意思；有人说是‘岂不同’的意思——总之是一种两可，缥缈恍惚之谈罢了。要学这一种缥缈恍惚之谈，就非看《世说新语》不可。”这种解说也是一家之言，有人以为是不科学的，说他轻视了当时的俗语通行现象才有这样的解说。同时，也有人把“将无”二字分开解释，忽视了方言固化问题，我认为也是不对的。

这三个字也说了一个哲学问题。冯友兰在《中国哲学简史》中谈到中国哲学的精神，说到中国哲学家表达自己思想的方式时，赞扬了阮修的回答——“他回答高官的问题，既无法说老庄与孔子毫无共同之处，又无法说他们之间毫无区别，于是他用回问的方式作为答复，实是一个聪明的回答”。当然，阮修也委实说到了王衍的心坎上，因而就给官让他做。但从后边阮修的话里，他似乎也在强调他自己的“好名声”。其实，三语、一言都是无关紧要的，可问题是他的三个字实在太漂亮了，是能让人拍案惊奇的。这是一种中国式的智慧，是汉语的魅力让人的智慧充分地得以表现，并达到了一种抽象的完美。

不过，在旧时中国，举荐与庭对一直是一种选拔官员的常规方式，关键还在于符合官员的意图，“三语掾”就是有名的范例。到了今天，“人民的政权”建立以后，这种现象就少见或者不见了，因为凡事都是“人民”说了算，“人民”当然不赞成这种选拔任用干部的方式了。

但老庄和孔子到底有什么不同，这恐怕是一个非常复杂的问题。“将无同”三字是一定说不清的，魏晋人的说话也当不得真，倒是他们在一起由着性子玩一玩，图个大家高兴倒是真的，研究家也完全可以不理它。

“将无同”而“三语掾”，以及后来的“莫须有”，从来都是中国历史上有名的公案，有着中国的智慧，也有着中国的特色。难怪说“仓颉造字，夜有鬼哭”，真要让人不寒而栗了。

原文：

【文学 4 · 18】阮宣子有令闻。太尉王夷甫见而问曰：“老庄与圣教同异？”对曰：“将无同。”太尉善其言，辟之为掾。世谓“三语掾”。卫玠嘲之曰：“一言可辟，何假于三？”宣子曰：“苟是天下人望，亦可无言而辟，复何假一！”遂相与为友。

文与情

孙楚的妻子去世了，服丧一年期满，他作了一首悼亡诗怀念妻子，并把诗拿给王济看。王说："不知是诗歌因情而作，还是情由诗歌而生。读了使人悲伤，增添了夫妻情意深重之感。"这是《世说新语》"文学门"中的第七十二则故事。现在，我们读到它，也觉得好像是昨天才发生的事。

王济即王武子，是晋司徒王浑的第二个儿子，《世说新语》中有很多他的故事。他一表人才，好弓马骑射，有阳刚之美，又聪明任性。王浑对他很满意，曾对妻子说："能有这样的儿子，一辈子也满足了。"他很"浑"，曾和石崇斗富，也在晋炎帝面前摆阔。有一次，晋炎帝在他家吃饭，觉得烤乳猪味道不错，就问他缘由，他说猪是用人乳喂养的，搞得皇帝郁闷而去。他还喜欢在同僚之间"乱放炮"。他的两个姐夫，一个是中书令裴楷，一个是太子少傅和峤。他的妻子是晋炎帝的女儿常山公主，公主双目失明，一生没有孩子，他的两个儿子都是侧室所生。他四十六岁时去世了，孙楚曾在他的丧礼上学过驴叫。就是这样一个人，不经意间说出了一个重要的文学话题：文与情。

在《世说新语》"文学门"的这则故事中，他看了孙楚的悼亡诗后如是说："未知文生于情，情生于文？览之凄然，增伉俪之重。"情与文的关系到底是什么？余嘉锡先生在《〈世说新语〉笺疏》中大量引用了刘勰《文心雕龙》"情采篇 "的内容，对此进行探讨。刘勰说："情者，文之经，辞者，礼之纬。经正而后纬成，礼定而后辞畅，此立文之本源也。"如此，问题基本上是说清楚了。而后刘勰评论历代作品，把它们分为"为情造文"和"为文造情"两大类，进一步指出"为情者要约而写真，为文者淫丽而烦滥"的文学特点。但我认为，一部好的作品总是文情并茂的，而孙楚的悼亡诗就是这样的作品。其诗曰："时迈不停，日月电流。神爽登遐，忽已一周。礼制有叙，告除灵丘。临祠感痛，中心若抽。"尤其是最后八字，读之真要让人伤筋动骨了。

余嘉锡先生在《〈世说新语〉笺疏》最后说："彦和此论，似即从武子言悟出。"不过，我觉得有商榷处。《文心雕龙》是一部讨论文章之体制及工拙的系统性著作，仅仅是看了王武子的话才有"情采"这样的题目？可能性很小。

王世贞读这则故事时说："此语极有致。文生于情，世所恒晓。情生于文，则未易论。盖有出之者偶然，览之者实际也。吾平生时遇此境，亦见同调中有此。"倒是李贽说了一句大实话："孙子荆文生于情，王武子情生于文。"也真是有心人多有慧语了。

原文：

【文学 4·72】孙子荆除妇服，作诗以示王武子。王曰："未知文生于情，情生于文。览之凄然，增伉俪之重。"

妈妈的见识

钟叔河先生在《念楼学短》中说："读《世说新语》印象最深的两点，一是读书人的自我精神，可于阮籍猖狂、嵇康傲岸见之；二是女人能表现自我，没有后世那么多束缚，以及由束缚养成的作伪和作态。赵母也算是一个典型的女性。"《世说新语》"贤媛门"第五则文字记载，赵母嫁女，临行前告诫女儿说："千万不要做好事。"女儿说："不做好事，可以做坏事吗？"母亲说："好事尚且不能做，何况坏事呢？"

赵母的这番话，现在看来也是有个性、有些意思的。一般人家嫁女，出门前长辈们总是教导女儿多做好事，像赵母这样对女儿说话的现象还是少见的。不过，她的话也很难理解，好像是好事、坏事什么事都不要做了，其实不然。赵母是桐乡令虞韪的妻子，《列女传》上说她"才敏多览"。虞韪死后，孙权敬其文才，把她收入宫中，人称赵姬。她还作了数十万言的《列女传解》，看来她也是一个博览群书的才女了。她和女儿的对话，在《淮南子》《古类书》中也都有相似的故事和语言，可以有较多的理解。余嘉锡先生在《〈世说新语〉笺疏》中这样诠释："盖古之教女者之意，特不愿其遇事表暴，斤斤于为善之名，以招人之嫉妒，而非禁之使不为善也。"因为

《淮南子》里有“尔为善，善人嫉之”的话，这样的理解似乎就更能接近文意了。

新人到了一个新的环境就想有所作为，这是人之常情、世之常理，但以长辈们的经验看，树大招风、峣峣者易折却似乎也是世之常态，因而在让人有多种理解或者不可理解的话语中，好像就隐藏了一丝淡淡的哀愁，表露着长辈的仁心。凡事不强为、不妄为应该是人生的一条规则，这其实也是中国人一种根深蒂固的处世观，从这里我们也不难体会到老庄自然无为的思想影子。

如果从积极的态度出发考察赵母的话，正如余嘉锡先生在《〈世说新语〉笺疏》中所言：“有晋一代，唯陶母能教子，余多以才智著，于妇德鲜可称者。题为贤媛，殊觉不称其名。考之传记，晋之妇教，是为衰敝。”如此，赵母的见识就有些消极的意义了。

有些书上给这则故事加的题目是“赵母告女”，钟叔河先生在读这则故事的时候给它加了一个题目叫“妈妈的见识”，我觉得还是后者好，于是就把它抄来作了自己文章的题目。

原文：

【贤媛19·5】赵母嫁女，女临去，敕之曰：“慎勿为好！”女曰：“不为好，可为恶邪？”母曰：“好尚不可为，其况恶乎？”

人何以堪

古来悲秋伤春之作甚多，但出名的却并不多。桓温一句“木犹如此，人何以堪”，算是顶呱呱的了。曹操《短歌行》里说：“对酒当歌，人生几何？譬如朝露，去日苦多。”张华《轻薄篇》亦云：“人生若浮寄，年时忽蹉跎。”诸如此类等等，却似乎都不如桓温的好。《世说新语》“言语门”第五十五则故事说，桓温北征，路过金城这个地方，看到自己近三十年前做琅邪内史时所植的柳树都有十围粗了，感慨地说：“树都是这个样子，人怎么受得了啊！”于是手攀柳枝，眼泪都流了下来。

桓温是魏晋时有名的人物，《世说新语》中有关他的文字有九十三则。他是东晋名将，晋明帝的女婿，最初仅仅是驸马都尉、琅邪内史的小官，后经三次北伐，特别是东晋永和十年（354）以殷浩北伐失败为由上书参其为庶人以后，他就掌握了东晋王朝的内外大权。在魏晋的“谈玄”名士中，他也占一席之地。和王谢家族相比，他的出身不如人家的好，而魏晋的风气则更看重门第及文采风流，因而他为了做名士还苦练了“谈玄”技巧，并训练自己潇洒的仪态，终于成名。

关于桓温的这次北伐，刘盼遂《〈世说新语〉校笺》云：“金城泣柳事，当在太和四年之行。由姑孰赴广陵，金城为所必经。攀枝泫涕，当此时矣。”余嘉锡《〈世说新语〉笺疏》也从其说。金城在今江苏省句容县北。太和四年（369），桓温当时已近花甲，经历了人世的生生死死、大喜大悲，又在行军打仗的途中，因而触景生情、有感而发了。但“木犹如此，人何以堪”这八个字说出来也不简单，要有与自然物态互相契合的慧心，也要有丰富的人生阅历作铺垫，更要有深厚的文学修养作支撑。

苦难是人生的常态，人生从某种意义上来说是悲剧性的，追求的过程就是悲剧延伸的过程，尤其是对经历过九死而一生的大人物来说，他们的体会可能要更深一些。因而我们在读古代文学作品时，相遇那种悲秋伤春、浩叹摇落之悲的华章，机会就多了一些。在桓温临死的时候，他还向朝廷求赐“九锡”以满足他建立不世功业的虚荣心，其实这样的事曹操、司马昭也干过，但却好像和“篡逆之心”有了关系。这时，名士派的老大谢安用了“拖字诀”，十几天后桓温就死去了，终于没有了却心愿。这对桓温自己来说，人生的悲剧性不是很明显吗？

李泽厚先生在《美的历程》中解读魏晋人多悲叹之辞的现象时说：“门阀贵族们经常生活在这种既富贵安乐而又满怀忧祸的境地中，处在身不由己的政治争夺中，正是由于残酷的政治清洗和身家毁灭，使他们的人生慨叹夹杂无边的忧惧和深重的哀伤。”这句话，也有利于我们对“人何以堪”一语的解读。

观古今文人，作鸿篇巨制“非我所不能”，但要在历史的长河中留下只言片语，让有文化的和没有文化的人都整天里念叨，也绝非易事。桓温姑且不论，而后陈子昂一句“念天地之悠悠，独怆然而涕下”就足以让自诩为“天下第一”的狗屁文章花容失色了。

原文：

【言语 2 · 55】桓公北征，经金城，见前为琅邪时种柳，皆已十围，慨然曰："木犹如此，人何以堪！"攀枝执条，泫然流泪。

名士是何物

现在满街都是博士、硕士，倒很少听说名士了。偶然听说，还以为是回到了古代，转过神却有一种吃了注水鸭的感觉。再听说某某人名士风流，头脑里倒和下流有了干系，真是古风不存，还是自己脑子有了问题？《世说新语》据说是一部“名士教科书”，看看人家的做派也许能明白一二。

《世说新语》“任诞门”第五十三则故事中，那位曾做过中书令，后来却被司马道子所杀的王恭说：“名士不一定要才华出奇，只要平常能闲着无事，尽兴喝酒，熟读《离骚》，便可称名士。”这样的条件，在当时也许并不稀奇，但放在而今实在是很难的。闲着且能尽兴喝酒，这样的人多的是，但还能熟读《离骚》，就难了。现在，只听说文怀沙老先生读得好，还曾听说谁读得好啊。而且，王恭的话并不可信，因为《世说新语》“赏誉门”中有一则故事说他善于叙谈而读书不多。余嘉锡《〈世说新语〉笺疏》中则说：“他有关名士的话语是自我掩饰，他做人的失败正是因为不读书，他的话误导了青少年，附庸风雅，遍称名士，形成一种习气，对社会危害极大。”

其实，《礼记·月令》中有句话说：“勉诸侯，聘名士。”其注云：“名士，不仕者。”其疏云：“名士者，谓其德行贞绝，道德通明，王者不得臣而隐居不在位者也。”《辞源》则解释为知名之士，又说魏晋时代以唾弃礼法、任性而行、好讲玄谈的人称名士。到了晋代，“名士”一词词义宽泛了许多，好像并不局限于“不仕者”，“仕者”所占的比例也并不小。名士的类型，有求名不求官的，有刚直不阿的，也有看风使舵、顺风行船的，且以后者居多。不过，他们确实都是好玄谈而轻礼法、任性放荡的。比如王澄，《世说新语》“简傲门”中有一则故事说，他出任荆州刺史时，太尉王衍带领一班人马为他送行，他竟当众脱衣上树掏小喜鹊，下来后神色自若地玩弄它，根本不把众人放在眼里。这是魏晋时期的一种风气。

现在社会多元化了，有志之士想出名的心情也迫切了，出名的手段和途径也多元化了，因而“名士”的行头也注水了。酒也喝，醉后违章驾车上电视就能当“名士”；玄也谈，吹得猛牛飞天天上黑，也能当名嘴，如此等等五花八门，只是真正的名士不见了。人们对“名士”之所以趋之若鹜，就是因为它有潜在的社会影响力，超越众人可以享受到无尺度的社会权利，比如说驾车违章后交警也可能放行呢，就因为他是“名士”。这是自古以来中国社会的传统。

不过，名士也有难堪的时候。余怀《板桥杂记》中说妓女刘元，“佻达轻盈，目睛闪闪，注射四筵。曾有一过江名士，与之同寝，元转面向里帷，不与之接，拍其肩曰：‘汝不知我为名士耶？’元转面曰：‘名士是何物，值几文钱耶？’相传以为笑”。名士在妓女眼里，也不过如此罢了。

原文：

【任诞23·53】王孝伯言：“名士不必须奇才，但使常得无事，痛饮酒，熟读《离骚》，便可称名士。”

【赏誉8·155】王恭有清辞简旨，能叙说而读书少，颇有重出。

有人道孝伯："常有新意，不觉为烦。"

【简傲 24·6】王平子出为荆州，王太尉及时贤送者倾路。时庭中有大树，上有鹊巢，平子脱衣巾，径上树取鹊子，凉衣拘阂树枝，便复脱去。得鹊子还下，弄，神色自若，旁若无人。

踩鸡蛋

《世说新语》“忿狷门”中的第二则故事说：“王蓝田性急。尝食鸡子，以箸刺之，不得，便大怒，举以掷地。鸡子于地圆转未止，仍下地以屐齿碾之，又不得。嗔甚，复于地取内口中，啮破即吐之。王右军闻而大笑曰：‘使安期有此性，犹当无一毫可论，况蓝田邪？’”

王蓝田即王述，曾经做过扬州刺史、尚书令，封蓝田侯，因而人们称他为王蓝田。他吃鸡蛋竟然吃得那么有趣，用筷子插，没插到，大怒；扔在地上，鸡蛋旋转不停，又用木屐踩它，还是不行，气得要命；又从地上拾起来放在口中，嚼碎了立即吐出来。哈哈，在完成了这一系列动作之后，他还是没有吃到鸡蛋。像他这样的大人物，身上发生了这样的像孩子一般的小闹剧，突然不见了士大夫的雍容风度，实在是有意思的事情。人本性中的率性、单纯、自然完全表露出来了，因而王羲之嘲笑他，且还要加上他的老爸。其实，王羲之之所以看不起王述一门，是因为他自己太清高。但他官也不如王述做得好，王述是省级干部的时候，他还是市级干部，而且受人家管理。他曾经向朝廷上书要求脱离王述的管理，但没有成功，还受了别人的嘲笑。于是，他对儿子们说，你父亲我不如人家混得好，都是你们不如人家的儿子出色。

鲁迅先生在《中国小说史略》中说："《世说新语》'记言则玄远冷峻，记行则高简瑰奇'。"这个概括是十分准确的。《世说新语》虽然划入了小说的门类，但活灵活现的人物形象却带有历史的经典意义，便于我们对魏晋时期的社会现实进行历史把握。刘师培在《论文杂记》中说："小说家言，体近于史。"《世说新语》是应该近于史的。

东晋裴启的《语林》也记述了这段故事："王蓝田食鸡子，以箸刺之不得，便大怒，投于地。"简则简矣，但确实不如《世说新语》中的文字读着舒服，让人有不过瘾之叹。据学者考证，《语林》是刘义庆撰写《世说新语》的故事来源之一，我们也应该看到它们之间文字上的差别。

余嘉锡先生在这则故事的《笺疏》中引用《晋书》里的话说："王蓝田'既跻重位，每以柔克为用'。"这似乎强调了大人物的修养问题，但王述这个人物有其双面性格，谢无奕曾经和他闹事，他却很能忍耐，一声不吭地等谢走了之后仍然继续干自己的事。所以说，人其实是一种复杂的动物。

原文：

【忿狷31·2】王蓝田性急。尝食鸡子，以箸刺之，不得，便大怒，举以掷地。鸡子于地圆转未止，仍下地以屐齿碾之，又不得。嗔甚，复于地取内口中，啮破即吐之。王右军闻而大笑曰："使安期有此性，犹当无一豪可论，况蓝田邪？"

才女的想象力

陆机《文赋序》说到做文章：“恒患意不称物，文不逮意。盖非知之难，能之难也。”《世说新语》“言语门”中有则故事说：“谢安在一个雪天里会集子侄辈讲论文章义理，一会儿雪下大了，谢安来了兴致，说：‘白雪纷纷何所似？’侄儿谢胡说：‘撒盐空中差可拟。’侄女谢道韫说：‘未若柳絮因风起。’谢安开怀大笑。”看来，谢安对这个回答是很满意了。

谢道韫将雪比作柳絮，体现了艺术的动态美，其意趣神韵充分显示了才女超凡的想象力。同时，这个表达不但迎合了谢安，也道出了当时士人的审美心态和文学旨趣。从文艺心理学的角度来说，朱光潜先生在《文艺心理学》中指出：“‘白雪纷纷何所似？撒盐空中差可拟。未若柳絮因风起’，都是‘变形’类的类似联想。”谢道韫由甲意象联想到乙意象，恰能传出情感，且迎合了时代的审美意趣，熨帖了长辈的心思，当然是上品之作了。

史书虽厚，能够数过来的才女却不多。《妇人集》中说谢道韫“有文才，所著诗、赋、诔、颂传于世”，这是很不简单的。谢道韫是王羲之的儿媳，又出自名门望族陈郡阳夏谢氏，除先天的颖悟以外，良好的家庭教育和优越的文化圈子也是她成为才女的重要原因。

《世说新语》“贤媛门”中有三处提到她，但她的婚姻却似乎并不幸福。

再说谢安召集家人讲论文章义理这种活动，极容易让人想起《兰亭集序》中的文人雅集和《论语》中的四子侍座。不过，魏晋时还没有声、光、电的现代化，若要是有恐怕也难保他们不去卡拉OK一回吧。

原文：

【言语2·71】谢太傅寒雪日内集，与儿女讲论文义。俄而雪骤，公欣然曰：“白雪纷纷何所似？”兄子胡儿曰：“撒盐空中差可拟。”兄女曰：“未若柳絮因风起。”公大笑乐。即公大兄无奕女，左将军王凝之妻也。

才女的心事

魏晋南北朝时期的著名才女谢道韫的故事，我们只能从有限的资料中查找了，主要是《世说新语》和《晋书》，但仍然十分有限。她身上的幸与不幸是并存的，才名的幸与婚姻的不幸鲜明对比，使她更加出名了。她是悲剧性的才女，其悲剧性留给人的是刻骨铭心的痛。

《世说新语》中谢安雪中与子侄辈讲论文义，她一句“未若柳絮因风起”成为千古名谈，使世人谈才女必谈谢道韫，谈谢道韫必谈此典故。叔父谢安问她《毛诗》何句最佳，她说：“吉甫作颂，穆如清风。仲山甫永怀，以慰其心。”这句是《大雅》中的句子，是说政治清明的，正合了谢安的心意，因此谢安称赞侄女是“雅人深致”。这“雅人深致”四字，一般人也是不能随便用的，只有才女才配得上的。除此之外，《世说新语》“贤媛门”中还有一些故事，也能证明她不是一般的女子。《艺文类聚》里收有她的一首诗《拟嵇中散诗》：“遥望山上松，隆冬不能凋。愿想游下憩，瞻被万仞条。腾跃未能升，顿足俟王乔。时哉不我与，大运所飘摇。”我觉得这首诗更能表现出她的不凡，尤其尾联二句将一代才女的内心悲哀表现得更加激烈了。

她对丈夫的不满意是深切的。《世说新语》“贤媛门”第二十六则故事说，她嫁到王家以后就看不起自己的丈夫王凝之，回到谢家心情都不好。谢安安慰她说：“王羲之的儿子嘛，人也不错，至于吗？”她却说：“和谢家的叔伯辈及兄弟们相比较，没想到天地之间竟然会生下这么一个王郎！”可见，她实在是不满意到极点了。

我们注意到她并没有说出王凝之的具体缺点，但语气是幽怨而痛切的。

王凝之是王羲之的第二个儿子，《晋书·王羲之传》后附有他的小传，不足百字，参阅别的资料大致可知，他禀性忠厚，有较深的文学造诣，草、隶书也写得很好，笃信道教，行止端方。不过，在王羲之的七个儿子中，他却算是最没有出息的一个。他晚年的死，极大地暴露了他的弱点，最起码是愚蠢和固执的。农民起义领袖孙恩攻打会稽时，王凝之负责守城，他不听妻子及众人劝告，却一味地迷信鬼兵相助，于是丢了身家性命，导致诸子被杀、妻子被虏。此后，据唐陈子良注引《晋录》所载，谢道韫“丧二男，痛甚，六年不开帷幕”。王凝之的死，以及家庭的变故，给谢道韫的人生带来了极大的不幸。

婚姻这种事情如同鞋子，合适不合适，自己心里最为清楚，外人是很难看明白的。谢道韫出身名门而又才高不群，她对婚姻的理解，也应该是常人所难理解的。在当时条件下，外人如谢安者，因谢道韫之父去世过早，他视侄女如同己出，但为了巩固王谢家族的政治联盟，对侄女的婚姻不管他看得明白还是不明白，他也是会极力维护的，何况他是这场婚姻能否维系的关键性人物，所以谢道韫婚姻的悲剧与谢安及其家族有着很大的关系。但退一步讲，假使谢道韫婚姻破裂，她又会走向何方呢？亚里士多德说，“人是政治的动物”，其实谢道韫也难跳出这样的圈子。

“山阴道上桂花初，王谢风流荡《晋书》。”王谢家族权倾一时，两家的门阀婚姻观念以及政治、家族利益关系，一直小心谨慎地勉强维系着谢道韫并不痛快的婚姻，一代才女的身影也渐渐地在历史的年轮中慢慢退去。才女的心事，何人能解？给历史留下的，只有无限的悬念了。

原文：

【贤媛19·26】王凝之谢夫人既往王氏，大薄凝之。既还谢家，意大不说。太傅慰释之曰：“王郎，逸少之子，人身亦不恶，汝何以恨乃尔？”答曰：“一门叔父，则有阿大、中郎；群从兄弟，则有封、胡、遏、末。不意天壤之中，乃有王郎！”

恭维

恭维是有技巧的。《世说新语》“言语门”中第五十七则故事说，顾悦之和简文帝司马昱同岁，而头发却过早地变白了。简文帝问他：“你的头发怎么先白了？”顾悦之回答：“蒲柳柔枝，近秋树叶则凋零；松柏质实，经霜枝叶更茂盛。”

读《世说新语》常常让人惊叹于魏晋的名士风流，平平常常的话经他们口里一说，就显得那么有文化。上下级之间说话，因为所处的地位不同，恰当的尊重与恭维是应该的，但我们平日里见多的却是让人恶心的奉承。顾恺之所作《父传》云：“君以直道，凌迟于世。入见王，王发无二毛，而君已斑白。问君年，乃曰：‘卿何偏蚤白？’君曰：‘松柏之姿，经霜犹茂；臣蒲柳之质，望秋先零。受命之异也。’王称善久之。”顾悦之的回答实在是不卑不亢，既让上级满意，又表白了自己的心迹，颂而不谀。简文帝以前是会稽王，当朝执政王相，而自己经霜凌迟、直道以行、几经摧残，怎不发白早衰？人生的悲凉与哀伤也于不经意间表达出来了。

现在是流行恭维的时代，每天都上演着许多类似《皇帝的新装》的故事，尤其文人靠相互“抚摩”来取暖，至于这种取暖方式的功效，是丝毫不去顾及的。如果再加上什么上下级或者朋友之类的关系，则更是愈演愈烈了。这就是所谓的“双赢”，其实双赢不过是狡诈的政客闲造的无聊的名词罢了。但对于有文化的恭维者来说，要碰到有文化的被恭维者也不容易，自己要“酸腐”两句，不但会被视之不屑，还会被周围的人耻笑。这也是现时的境况，因为他们欣赏的不是文化而是自己。凡事都要讲究个对手问题，就像简文帝与顾悦之，他们在文化修养上是不相上下的。

唐杜牧《送隐者一绝》云：“世间公道惟白发，贵人头上不曾饶。”顾悦之与简文帝同年，头发却早白了，无奈世事忧患，这是个人的境遇不同造成的。但放在时间的长河中，富贵贫贱、顺逆曲回如同浮云，人年不满百而白发也是公道的，又有谁能够超越时间而存之永恒呢？

关于引文“蒲柳”四句，《晋书·顾悦之传》作“松柏之姿，经霜犹茂；蒲柳常质，望秋先零。”其实，还有“经霜”作“凌霜”的，杨勇先生在《〈世说新语〉校笺》中提供了好几种说法，有助于我们对文本的理解。南京大学徐复教授在吴金华所著《〈世说新语〉考释》序中说：“夫《世说》一书，近之读者颇觉费解者，或在传本文字之讹，或在名物制度之异，或在方言化语之僻。”如此说法是有道理的。

原文：

【言语 2·57】顾悦与简文同年，而发蚤白。简文曰：“卿何以先白？”对曰：“蒲柳之姿，望秋而落；松柏之质，经霜弥茂。”

宁作我

“宁作我”，三字言简而风流尽出，其字面意思是“宁肯仍作我自己”。这则故事出自《世说新语》“品藻门”，说桓温与殷浩年少时都有名气，常在心里比高低。桓温问殷浩：“你比我怎么样？”殷浩说：“我与我周旋久，宁作我。”

“我和我应酬的时间长了，宁肯仍作我自己。”殷浩的回答留给了人们一个很大的思索空间。不过，这句话在《晋书》中写作：“我与君周旋久，宁作我。”后者似乎更能熨帖文意，而前者却能突出人物性格。在这则故事前面，紧挨着还有两则同类的故事，一则是有人把他和当世王公裴遐比，他说：“当然是因为我们识见都能通精微难解之处了。”一则是司马昱问他比裴逸民何如，他好久才说：“当然比他强啦。”

人的一生也许就是寻找自我的过程，“宁作我”强调的就是我自己，我就是我。人有时可能会因为外界的因素或自身的欲望丢失了自我，时间长了本性觉醒，就想把扭曲的人格重新调整过来。这个过程，看似简单，实则难矣。辛弃疾有首《鹧鸪天·博山寺作》的词，似乎是他本性觉醒的写照：“不向长安路上行，却教山寺厌逢迎。味无味处求吾乐，材不材处过此生。宁作我，岂其卿。人间走遍却归耕。一松一竹真朋友，山鸟山花好弟兄。”实际上他是归隐之心太浓，好像归隐之后就找到了自我，但我觉得他像是走向了极端。明“公安派”代表人物袁小修（即袁中道）有一个文学主张是：“才情宁作我，法度更从先。”用之做人，似乎折中。

再说说“宁作我”式的人物殷浩。《世说新语》“黜免门”中有一则故事，说他在北伐的誓师大会上没弄好，从马上掉了下来，后来果真全军覆没。在打了好几次败仗之后，桓温一表上奏，朝廷废他为庶人。当时晋穆帝年幼，简文辅政，他埋怨简文说：“把人送到百尺高楼上后，又把梯子撤走了。”从此，殷浩一蹶不振，常常用手画字，有人认出是“咄咄怪事”四字。不久，他就死去了。也真是“咄咄怪事”了，其真我欤？

人的一生，不经历这些，就要经历那些。从某种意义上说，根本不存在走弯路，“人生贵得适意尔”，“宁作我”也要学会适当地调整我，这样才好。不过，有时亦是让人感到心寒，觉得人在找不到自己时是可悲的，找到了自己时又是可怜的。陕西关中有句俗语说：“人皮难背。”也真是说到了痛处。

原文：

【品藻 9 · 35】桓公少与殷侯齐名，常有竞心。桓问殷：“卿何如我？”殷云：“我与我周旋久，宁作我。”

【品藻 9 · 34】抚军问殷浩：“卿定何如裴逸民？”良久答曰：“故当胜耳。”

【品藻 9 · 33】人问殷渊源：“当世王公以卿比裴叔道，云何？”殷曰：“故当以识通暗处。”

【黜免 28 · 5】殷中军废后，恨简文曰：“上人箸百尺楼上，儋梯将去。”

国标妈妈

《三字经》里有句话说，“子不教，父之过”，好像孩子的教育父亲发挥的作用要大一些似的。其实，一个孩子从启蒙教育开始，母亲的作用是最直接的，大部分父亲因为社会活动较多或自然属性原因对孩子是趋向“疏于管理”的。在《世说新语》“德行门”中就有一则故事谈到，谢安的夫人问谢安：“怎么从来不见你教育孩子啊？”谢安回答说：“我常常在教育孩子啊。”他的意思是说，自己平日里注重默默地言传身教。可见，母亲在孩子的教育过程中扮演的角色是很重要的。晋时名臣陶侃的母亲湛氏，就是一位余嘉锡先生称为“有晋一代，唯陶母能教子，为有母仪”的“国标妈妈”。

说湛氏是“国标妈妈”，是说她教育孩子的行为“符合国情”，富有“中国特色”。《世说新语》里有关湛氏的故事都在“贤媛门”中，仅有两则，而且都很出名。一则说，陶侃年轻时做过管理一种捕鱼设置的小官，曾用陶罐装着腌制的鱼送给母亲，母亲退回并回书责备说：“你做官却用公家的东西送我，不只对我无益，反而增添了我的忧虑啊。”另一则说，陶侃年轻时家里贫困，和母亲住在一起，有一年冬天同郡很有名气的孝廉范逵投宿陶家，且有很多的马匹和随从。湛氏对儿子说：“你只管到外面留住客人，我自己想办法。”然后，她把长发剪下来做成假发卖掉换米，把房柱子劈开一半做柴火，铡碎几个草垫做马料，傍晚还摆了精美的饭食招待客人，给儿子赢得了美名。真是可怜天下父母心啊！

说湛氏是“国标妈妈”，是说她教育的“成果”很理想。《晋书·陶侃传》比较长，大致说他早年孤贫，生性聪敏，勤奋惜时，孝敬长辈，勤于吏职，作战英勇，工作能力也强，因而在官场混得还不错。他由鱼梁吏的小官一直做到荆州刺史，后来因平息苏峻反乱有功还被封为长沙郡公。做大将军时，皇帝还让他可以佩剑上殿。晚年也能够善终，他活了七十六岁，竟然有十七个儿子。在传统中国人的心目中，做官也是一种人生境界了。后朦胧诗人陆忆敏在《沙堡》中有诗句云：“做官就是荣誉，就能骑在马上，就能找到水源。”在中国的传统观念里，陶侃的人生算是比较华丽了。

当然，一个人成功、成长的因素是多方面的。然而，有晋一代，像陶侃这样没有良好的社会背景和家庭环境，要一步步走向自己的理想，母亲的教育甚至家庭的教育就相当重要了。在陶侃的成功之路中，湛氏大处着眼，小处着手，时时教育自己的儿子在中国传统道德的规范下严格要求自己。比如像和同僚喝酒这样的小事，直到母亲死后陶侃还记着遗训不多喝一杯，真正显示着母亲超俗的影响力。

现在是喊叫着同国际接轨和弘扬国学的多元时代，孩子的教育方式以及成功的标准也呈现多元化的趋势，但培养一个真正的人的目标是永远不会变的。在一个真正的人的成长过程中，除了孩子的自身因素以外，“国标妈妈”这种现象也是值得思考的。

原文:

【德行1·36】谢公夫人教儿，问太傅:“那得初不见君教儿?”答曰:“我常自教儿。”

【贤媛19·20】陶公少时作鱼梁吏，尝以坩鲊饷母。母封鲊付使，反书责侃曰:“汝为吏，以官物见饷，非唯不益，乃增吾忧也。”

【贤媛19·19】陶公少有大志，家酷贫，与母湛氏同居。同郡范逵素知名，举孝廉，投侃宿。于时冰雪积日，侃室如悬磬，而逵马仆甚多。侃母湛氏语侃曰:“汝但出外留客，吾自为计。”湛头发委地，下为二髲，卖得数斛米。斫诸屋柱，悉割半为薪，锉诸荐以为马草。日夕，遂设精食，从者皆无所乏。逵既叹其才辨，又深愧其厚意。明旦去，侃追送不已，且百里许。逵曰:“路已远，君宜还。”侃犹不返，逵曰:“卿可去矣!至洛阳，当相为美谈。”侃乃返。逵及洛，遂称之于羊晫、顾荣诸人，大获美誉。

裆中物

就文章的题目来说，准确点应该写作“裤中物”或“衣裤中物”，然而按照汉语的习惯，“裆中物”更通俗，也更痛快淋漓一些。陕西关中一带的方言说某人“扎势”，就说：“装得跟锤子一样。”“锤子”约定俗成就是指男性的“裆中物”。不过，这实在是一句低俗、恶俗、粗俗、俗不可耐的话，让人有点恶心。其实，文章还得从刘伶说起。《世说新语》“任诞门”中有则故事说刘伶经常纵酒放任，有时脱掉衣服待在家里，有人看见了讥笑他，他却说：“我把天地作为房屋，以房室为衣裤，各位先生为什么钻进我的裤子里来？”

读过《西游记》的朋友一定还记得第三十六回中孙悟空说的话：“若以老孙看时，把青天为屋瓦，日月作窗棂，四山五岳为梁柱，天地犹如一敞厅！”何其相似，只是刘伶的话更粗野而已。《晋书·刘伶传》中说刘伶个头不高，丑陋，滑稽，纵酒，经常喝得一塌糊涂。有一回，他喝多了和人发生冲突，人家挽袖挥拳要打他，他慢慢地说：“鸡肋不足以安尊拳。”那人笑着就停手了。他还经常出门带一壶酒，后面让人扛铁锹跟着，说：“死便埋我。”似乎完全不把自己当回事。他的传记不长，其中他写的有名的《酒德颂》就占了几乎一半的篇幅，而《酒德颂》中的部分语句就和前文引用《世说新语》故事中的语句的意思相近，故事中的话有所发挥。

刘伶，字伯伦，是中国人心目中的酒鬼。“刘伶醉酒”的故事是有名的民间传说，现在还有好多酒店都用“伯伦不归”四字做招牌。他是魏晋时期有名的“竹林七贤”之一，崇尚庄子的“无为”精神，因此官也做得不好。他的人格具有两面性，一方面是“贤”，一方面是“酒狂”。傅雷先生在《傅雷家书》中有段话说：“近来常翻阅《世说新语》，觉得那时的风流文采既有点儿近古希腊，也有点儿像文艺复兴时期的意大利；但那种高远、恬淡、素雅的意味仍然不同于西方文化史上的任何一个时期。人真是奇怪的动物，文明的时候会那么文明，谈玄说理会那么俊永，野蛮的时候又同野兽毫无分别，甚至更残酷。奇怪的是，这两个极端就表现在同一批人同一时代的人身上。”我们有时也难免存在这样的困惑。

宗白华先生曾经说过魏晋时期是“人的自觉时期”和“文学的自觉时期”，人的自我意识中都有一种“宁作我”的思想倾向，追求个性是时代的潮流。正如李泽厚先生在《美的历程》中所说的那样，“完全适应着门阀士族的贵族气派，讲求脱俗的气度神貌成了一代美的理想。不是一般的，世俗的，表面的，外在的，而是要表达出某种内在的，本质的，特殊的，超脱的风姿容貌，才成为人们所欣赏、所鼓吹的对象”。另外，魏晋时期又是我国历史上政治和社会最黑暗、最动乱的时期之一，人人自危，力求自保。在这种情况下，就出现了各种各样的多面人，有官场厮杀的，有隐逸山林的，有疯癫狂怪的，等等。刘伶就是以酒乱性的典型人物。喝酒也是当时社会的一种风气，但酒也仅仅是一种寄托而已，因而宋人叶梦得说：“晋人多言饮酒，至于沉醉，未必真在乎酒。盖时方艰难惟托于酒，可以疏远世故而已。饮者未必剧饮，醉者未必真醉耳！”

自己心里有许多不情愿，还须选择适当的方式发泄出来，并在社会的大环境中求得生存，一方面要不丢失自我的真我个性，另一方面还要顶住外界的压力。所以，在这样的矛盾中，人格扭曲的现象就十分普遍，而真醉与假醉外人看不清楚，长期下来自己也会渐渐糊涂的。

刘伶视“先生们”为“裈中物”这种狂怪举动，现在看来就不必奇怪了，反而是有些粗野的浪漫主义色彩，但他当时确实以这种方式保全了自己，因而《晋书·刘伶传》最后四字是“竟以寿终”。对于刘伶，真如庄子所说的无用之木反而长寿了。

原文：

【任诞 23·6】刘伶恒纵酒放达，或脱衣裸形在屋中。人见讥之，伶曰：“我以天地为栋宇，屋室为裈衣，诸君何为入我裈中？”

日近长安近

“夙惠”，也作“夙慧”，就是说孩子小时候很聪明。《世说新语》中专列“夙惠门”，收集了七则故事来说明孩子小时候很聪明，其中有一则是说东晋明帝司马绍的。

故事说司马绍只有几岁的时候，坐在父亲元帝的膝盖上，有人从长安来，元帝就问来人故都洛阳方面的消息，不由得流下泪来。明帝问父亲为什么哭泣，元帝就把自己回到封国镇守建康，意欲复兴帝室的意思说给他听，于是问他“日近还是长安近”，他答“日远”，因为“不闻人从日边来”。第二天，元帝召集群臣宴会，把明帝所说的意思告诉了大家，然后再问明帝“日近还是长安近”，他却答“长安远”。这让元帝大惊失色，问他为什么和昨天所说的完全相反，明帝回答说“举目见日，不见长安”。

这是一则很有名的故事，小孩子的聪明是显而易见的。同一个问题，他先是回答“日远”，是从听觉的角度切入，因为没有听人说谁是从日边来的；而回答“长安远”，则是从视觉角度切入，因为“举目见日，不见长安”。判断一个地方的远近，既能通过视觉，也能通过听觉，但这似乎并不是问题的关键，关键在于小孩子不同的回答刺激了统治者的神经。晋朝的都城原在洛阳，匈奴兵取洛阳后又于公元316年攻占长安灭掉西晋，第二年晋朝皇族司马睿不得不逃到自己原来的封国地江南的建康（今南京）重建晋朝，史称东晋。当有人从洛阳过来，故国之思，屈辱之苦，一时难抑之情，晋元帝自然会“潸然流涕”。

以后来司马绍的作为来看，他还是很有出息的。他自小聪明，因为母亲是鲜卑人，所以他长着金发、黄胡子，很勇猛，为人豪爽，且有雄才大略。公元322年司马绍继位，东晋政权内忧外患。在此前半年，大将军王敦以诛杀奸臣为名攻陷都城建康，自认丞相把持朝政，形同傀儡的晋元帝不久即忧愤而死，而西方的成国和北方的后赵也乘机频频进攻，东晋丧师失地，节节败退。同时，水灾、霜灾、地震等自然灾害又连绵不断。王朝已经完全风雨飘摇，但司马绍还是凭借自己的雄才大略和英勇善战剪除了王敦势力，这也是他在位期间发生的最有影响的事件。只可惜他活得时间太短了，公元325年司马绍病死，在位仅三年，死时才二十七岁。

据说司马绍的死与女人有关。皇后庾文君的性格有些像母老虎，司马绍并不怎么喜欢这位颍川鄢陵荀氏的名门闺秀，就在深宫中藏了一位绝色美女宋袆。宋袆是石崇之妾绿珠的弟子，曾经做过大将军王敦的妾，能歌善舞，特长是吹笛子，国中无出其右者。纵欲或者皇后加害，被后人推测为司马绍的死因。但司马绍对死似乎看得很洒脱，他在病后第五天的遗诏中说：“自古有死，贤圣所同，寿夭穷达，归于一概，亦何足特痛哉！”并要诸臣为自己治丧时“务从简约”，不得奢侈。这位本来应该很有作为的青年皇帝，没有能够继承父祖辈的遗业，雪耻以廓清中原，终究还是让人感到遗憾的。因而，清人王夫之感慨地说：“明帝不夭，中原其复乎？”

不过，这则故事如果按照时间推算，放在晋明帝身上是值得怀疑的。明帝生于公元298年，东晋在建康建都是在公元317年，即使故事就发生在这一年，明帝也应该是十九岁了，还要“坐元帝膝上”就是不靠谱的了。余嘉锡《〈世说新语〉笺疏》中这则故事后引用了程炎震的话说：“永嘉元年，元帝始镇建业。明帝时年九岁。若建兴之年，愍帝立于长安，则十五岁矣。”其对年龄也进行了推测，所以有专家认为这则故事的原型来源于《列子·汤问》中的“两小儿辩日”。

容庚《甲骨学概论》一文中评价郭沫若说：“其想象力极强，文笔优美，日近长安近，皆能言之成理。余其说之确凿可据者固多采纳，而间以献疑之故，招郭氏之不安，甚且以为遭受敌视，而函札遂疏。去年春，相见于重庆，问以新著，举《青铜时代》《十批判书》两种相对，剧谈两小时，知其兴趣在政治而不在考古，将如退院之僧矣。”“日近长安近”，怎么都能说，让人读起来就真是意味无穷了。

原文：

【夙惠 12·3】晋明帝数岁，坐元帝膝上。有人从长安来，元帝问洛下消息，潸然流涕。明帝问何以致泣？具以东渡意告之。因问明帝：“汝意谓长安何如日远？”答曰：“日远。不闻人从日边来，居然可知。”元帝异之。明日集群臣宴会，告以此意，更重问之。乃答曰：“日近。”元帝失色，曰：“尔何故异昨日之言邪？”答曰：“举目见日，不见长安。”

敲门

“雪夜访戴”是《世说新语》“任诞门”中的一则故事，说是王羲之的儿子王徽之雪夜里睡不着就喝了点小酒，还吟咏了左思的《招隐诗》，这时忽然想起了远在剡溪的好友戴安道，也就是著名的画家戴逵，于是乘船前往，历时一宿。到了门前，没有见人却又折回来了，人问缘故，他说：“吾本乘兴而去，兴尽而返，何必见戴。”他的行为和言语也许让人不解，用今天流行的话来说，就是“脑子有病呢”，但这故事却成为美谈。

前些年我写了一首小诗《敲门》：

明明知道你不在
却要去找你
明明知道你不在
却要去敲门

不为什么
就为了敲门

人有时是很奇怪的，会莫名其妙地做出些非常的举动来，并没有什么目的性。探其原因，或许就是王徽之所谓的“兴”罢，而“兴”大多是由着“性子”而来。由着性子是人的自我的发现，其间有潇洒的成分也罢，有任性的成分也罢，都不是重要的，关键是由着性子来了。钱穆先生说：“至如子猷之访戴，其来也，不畏经宿之远，其返也，不惜经宿之劳，一任其意兴之所至，而无所于屈。其尊内心而轻外物，洒落之高致，不羁之远韵，皆晋人之所企求而向往也。”“尊内心而轻外物”，应该是由着性子的根本原因了。王徽之还喝了些酒，而酒这种介质就更能让他由着性子表现出“真我”来。

《世说新语》“任诞门”五十四篇中涉及酒的有三十篇，可见人要“任诞”一回，随便地由着性子，也不是容易的事。关于这则故事，冯友兰先生在《中国哲学简史》中，又进一步阐释了这个问题。在谈到“新道家·主情派”时，冯先生认为子猷的行为是一种“任从冲动而生活”的行为，已然与“杨朱”感兴趣的“追求肉体的快乐”有了区别，其自身具备了一种“超越感”，而“具有这种超越感，并以道家学说养心即具有玄心的人，必然对于快乐具有妙赏能力，要求更高雅的快乐，不要求纯肉感的快乐。他们纯粹任从冲动而行，但是丝毫没有想到肉感的快乐”。但宗白华先生则认为，魏晋时期是中国人意识到自我、关照自我，并和自然界达到心灵契合的重要时期。“人生贵得适意尔”，是当时士人普遍的一种人生态度，“这截然地寄兴趣于生活过程的本身价值而不拘泥于目的，显示了晋人唯美生活的典型”。

从心理美学的角度来说，比起我的《敲门》，“雪夜访戴”带给人的想象和回味的空间更大，虽然都是一种由着性子的行为，但“造门不前而返”六字却真是言有尽而意无穷了。

原文：

【任诞23·47】王子猷居山阴，夜大雪，眠觉，开室，命酌酒。四望皎然，因起仿偟，咏左思《招隐诗》。忽忆戴安道。时戴在剡，即便夜乘小船就之。经宿方至，造门不前而返。人问其故，王曰："吾本乘兴而行，兴尽而返，何必见戴！"

所谓“贤媛”

卞后是魏武帝曹操的第三任夫人，她为曹操生了四个儿子，其中曹丕、曹植名气很大，而曹彰、曹熊就不是太出名了。曹操的第一任夫人刘氏，早亡，生子曹昂，过继给了第二任夫人丁氏。丁氏没有子女，很是喜欢他，但不幸的是，在一次战争中，曹昂为救曹操而被乱军射死了。为此，丁夫人经常数落、哭骂曹操，曹操一气之下就把她送回了娘家，再要接她回来的时候她不回，劝她再嫁她也不嫁。于是，在建安初年，曹操便把她废了，立卞氏为正妻。

这位卞氏，其实出身并不好，《三国志·魏志·卞皇后传》中说她“本娼家”，就是四处漂泊着卖艺为生的。曹操二十五岁时在老家谯县遇到了她，就纳她为妾，并带回了洛阳，这时她才二十岁。《太平广记》里说她出生时屋内金光灿灿，她的父亲问卜于人，卜者说：“这是吉祥气，此女后来必大富大贵。”倘以她二十岁前的经历看，打死了鬼也不信，但拿以后的情况看，她贵为皇后，应该是应验了。

有关她的事迹，在《世说新语》中有两则。一则在“贤媛门”，说魏文帝曹丕病了，她去探望，但进门后却看到值班侍奉的人都是从前魏武帝曹操所宠爱过的，太后就问什么时候过来的，回答说是“正在为武帝招魂的时候”。卞后叹息说：“狗鼠不如的东西，早就该死了。”直到魏文帝曹丕死了，卞后也没有去哭吊。另一则在“尤悔门”，重点似乎不是在说她，但她的形象却很突出。故事说曹丕疑忌弟弟曹彰太过于勇猛强壮，对他有威胁，于是趁着在卞太后房中一起下围棋时一块吃枣的机会，便把毒药放在枣蒂中给曹彰吃，自己则只挑选能吃的吃。曹彰不知道，吃了毒枣就中了毒。卞太后去找水救他，光着脚跑到了井边，打水的瓶罐却早就被曹丕指使的人打碎，于是曹彰很快就死了。曹丕又想杀曹植，卞后说：“你已经杀了我的曹彰，不能再杀我的曹植。”

《魏书·后妃传》里裴松之注中还记录了一件卞后救曹植的事件，体现了她的政治智慧。故事说曹植遭到群臣弹劾，曹丕便委派卞兰带着公议到卞后那里指控曹植，本意在于置曹植于死地，且让母亲无话可说。卞后深知曹丕用心之险恶，就当着卞兰的面批评了曹植，而见到曹丕时却绝口不提这件事，这样就使曹丕不便发难，从而巧妙地保护了曹植。

这几件事情都发生在曹操死后，其实卞后的作为在魏武帝生前就深得曹操赞赏。当年董卓兵进洛阳的时候，曹操为典军校尉，后来觉得董卓成不了什么气候，就带了几个人逃跑了，不久就有曹操已死的消息传来，洛阳城中原来他身边的人都纷纷要逃回老家。在这关口，这件事被当时还是小妾的卞氏制止，为曹氏集团保存了实力，后来曹操很是赞赏。建安二十二年（217），曹丕被立为太子，王府的人对卞氏说：“你儿子被立，天下人都感到高兴，你应该拿出财物来奖赏大家。”她却说：“曹丕被封，只说明我对他的教导没有过失，我高兴也正在这里，但是没有因为他当太子要大肆庆贺、赏赐众人的道理。”这些话被传到曹操耳朵里，他高兴地说：“怒不变容，喜不失节，故是最为难。”其赞扬她识大体，做人稳重，处理事务得当，并委以主持家务的重任，且与曹操的感情也很好。此外，她还很是照顾丁氏的生活，自己平时也很节俭，还很注意制约外戚干政和平衡各种政治利益关系。

《世说新语》中所记“贤媛”，卞后应该是很典型的人物形象了。所谓“贤媛”，字面的意思就是指贤惠美貌的女子。这个词语在《世说新语》中出现，应该是相当早的，而后多为人所引用。《世说新语》“贤媛门”三十二篇中，前十篇说的都是两汉、三国的旧事，其余则为晋以后的事迹，基本上是从母仪风范、相夫教子、析理断物、思辨敏捷等方面记录了一些女子的德言容功，说明女性在当时已经引起了必要的重视。不过，余嘉锡先生考察说：“有晋一代，唯陶母能教子，为有母仪，余多以才智著，于妇德鲜可称者。题为贤媛，殊觉不称其名。”其实，“贤媛”还是重在考察德的因素，而才智与美貌似乎是应该居于其次的。但从卞后的事迹来看，我觉得她与所谓“贤媛”的标准还是相称的。

原文：

【贤媛 19·4】魏武帝崩，文帝悉取武帝宫人自侍。及帝病困，卞后出看疾。太后入户，见直侍并是昔日所爱幸者。太后问：“何时来邪？”云：“正伏魄时过。”因不复前而叹曰：“狗鼠不食汝余，死故应尔！”至山陵，亦竟不临。

【尤悔 33·1】魏文帝忌弟任城王骁壮，因在卞太后合共围棋，并啖枣，文帝以毒置诸枣蒂中。自选可食者而进。王弗悟，遂杂进之。既中毒，太后索水救之，帝预敕左右毁瓶罐，太后徒跣趋井，无以汲，须臾遂卒。复欲害东阿，太后曰：“汝已杀我任城，不得复杀我东阿。”

究竟谁比谁狠

宗白华《论〈世说新语〉和晋人的美》一文开篇即说:“汉末魏晋六朝是中国政治上最混乱、社会上最苦痛的时代。”我读魏晋南北朝史，就深深地感受到了这一点。那时的中国，民族割据情况突出，政权更迭现象频仍，兵荒马乱，民不聊生，各种政治势力、社会力量内内外外争强斗狠，手段凶残，人性最丑陋的一面毫无忌讳地暴露成为一种普遍现象，说它是中国政治上最混乱、社会上最苦痛的时代，是不为过的。

日前读《世说新语》“黜免门”，看到了“肝肠寸断”这个成语的来历，就让我看到了人性最丑陋的一面。故事说晋穆帝永和二年(346)，晋安西将军、荆州刺史桓温率军伐蜀到了三峡时，队伍中有人抓了一只小猿放在船上，母猿怜子，就沿着江岸哀号，跟了一百余里也不肯离去，后来终于跳上了船，但当时就死去了。待剖开母猿的肚子一看，肠子全是一寸一寸地断裂着。桓温听说后大怒，罢免了捕猿人的职务。原来，“肝肠寸断”这个成语的出处竟是这样的惨烈。

后来再翻看《世说新语》的不同版本，发现在这则故事的后面的评论是非常少的，倒是明人凌濛初即《三言二拍》的作者有一句评论的话，虽极其简短，却很是让人吃惊，他说："桓公犹有此，大不似阿黑，忍杀石家妓。"

阿黑是东晋时期另外一个很有名的人物王敦的小名，《世说新语》中有关他的故事就有四十六条之多。他在东晋王朝建立即元帝过江的时候，和堂弟王导出了很大的力，对东晋王朝的奠基功莫大焉，于是晋武帝还把女儿襄城公主嫁给了他。但他后来掌了兵权，欲望膨胀，挟制朝廷，竟然两次起兵造反，大肆杀戮，最终却遗恨死在了造反途中。凌濛初评论桓温的那句话，意思是说他的做派就不如王敦，因为王敦看着石崇杀侍婢是无所谓的态度，而桓温却还要罢黜那个捕猿人的职务。

有关王敦与石崇的这则故事，是《世说新语》"汰侈门"中的第一条。"汰侈"，就是骄奢放纵的意思。故事说大富豪石崇每次宴饮聚会的时候常要让美人劝酒，客人如果没有喝干，就会让内侍轮流去杀掉美人。王导和王敦曾经受邀喝酒，王导不善喝酒，但看着那家伙要杀人，就勉强喝，以至于大醉；而轮到王敦时，他不肯喝，已经杀了三个人，他还是不肯喝，脸色也没有什么变化。王导就责备他，他却回答说，"他自己杀他家里人，干你何事！"

这就是凌濛初所说的王敦的"忍"。王敦确实能忍，这样的场面还有呢。王恺，晋武帝司马炎的舅舅，有次设置酒宴，王导、王敦、石崇等都在座，其中有位艺妓把笛子的音调吹错了，于是王恺就杀了她，在场的人都大惊失色，只有王敦是面不改色的。这则故事记录在《晋中兴书》里，但可以想象的是要是在战场上，他是怎样的能"忍"呢。

捕猿人在一百多里的水路上挑战着动物界母爱的极限，后来他看到的是一寸一寸的肝肠，是桓温所不能忍者；石崇、王恺也视生命如草芥，很自如地杀生，而王敦却没有怜悯之心，面不改色心不跳，都实在是让人深思和愤慨的。究竟谁比谁狠，狠的程度就成了人性丑陋、阴暗的衡量器了。读《世说新语》，有时是让人感到伤感的。

原文：

【黜免 28・2】桓公入蜀，至三峡中，部伍中有得猿子者。其母缘岸哀号，行百余里不去，遂跳上船，至便即绝。破视其腹中，肠皆寸寸断。公闻之，怒，命黜其人。

【汰侈 30・1】石崇每要客燕集，常令美人行酒。客饮酒不尽者，使黄门交斩美人。王丞相与大将军尝共诣崇，丞相素不能饮，辄自勉强，至于沉醉。每至大将军，固不饮以观其变，已斩三人，颜色如故，尚不肯饮。丞相让之，大将军曰："自杀伊家人，何预卿事！"

不敢有功

中国古代的君臣关系，要按历史书上的写法，整天君君臣臣、吾皇万岁万万岁地相处，实在也是累人而枯燥无味的，说直白点就是没有生活气息，分明书写的是一群群的神，而不是人，因而能在正史之外，读到一些活泛的资料，就感到很是新鲜，也才觉得像是回到了生活的常态。前几年看电视剧《乾隆下江南》，剧中大尺度戏说乾隆与纪昀、和珅等君臣旧事，虽稍觉情节与人物的言行举止十分地夸张，但总让人感到还是在说人间的往事，观看时就能产生些生活的快意。

孙犁 1979 年 10 月 24 日在写给纪昀后人柳溪的信中，就记录了纪晓岚君臣之间日常相处的内容。孙犁写道:“另有一件关于纪昀的逸事是：纪昀死去老伴，有悼亡之戚。皇帝问他心中如何，他给皇帝背诵了《兰亭集序》中‘夫人之相与’一段，引逗得皇帝大笑。”接着孙犁又说:“这种文字游戏，不只有玷名篇，也略见君臣之间日常相处的风格面貌。”不知孙犁是从哪里看到这则逸事的，但至少他认为在古代君臣之间的日常相处风格面貌中，相互游戏的情况是少不了的。

《世说新语》“排调门”中有一则故事发生在君臣之间，也有些意思。说是东晋元帝司马睿的皇子出世时普赐天下，大臣殷羡谢恩说：“皇子诞生，普天同庆。臣无功勋，却多取厚赏。”皇帝笑着说：“这件事怎么能让你有功劳呢！”这当然更有些游戏的成分，但和上面的故事比起来，它明显还是要更野一些。

像《世说新语》一类的笔记野史所记的好些内容，倘按正史的撰写要求去衡量，常常是为正人君子之流觉得荒唐可笑的，但它所记的事略却让人感到真实、轻松和快乐，抑或沉重、激愤和悲伤，但却能激起一些情绪的波澜。正如在庄严的生活之下，夹杂些无可无不可的生存的幽默亦必不可少，这才是世间的道理嘛。其于正史或亦无功，但能像殷羡一般于正史说一句“不敢有功”，亦便为人世与生活的喜剧，即使是人性压抑中的笑，而于人亦有着莲花般的喜悦了。

原文：

【排调25·11】元帝皇子生，普赐群臣。殷洪乔谢曰：“皇子诞育，普天同庆。臣无勋焉，而猥颁厚赉。”中宗笑曰：“此事岂可使卿有勋邪！”

刀尖上的风度

自己的夫君纳了妾，过了很长的时间自己才觉察到，以人之常情看，当然要“拔白刃”而追杀情敌了。《世说新语》“贤媛门”中就记录了一件这样的事情，通篇仅七十四字，但故事的曲折性以及所表现出来的意趣，却是后来同类事件中很少有的。

晋征西大将军桓温率晋军攻伐十六国之一的蜀汉是在晋穆帝永和三年（347），那时桓温才三十五岁，汉第二代君主李势招架不住，只好降晋了，而李势的妹妹就被桓温纳了妾。桓温很宠爱她，常把她安置在书斋后边。桓温的夫人是晋明帝女儿南康长公主，忽然有一天听说了这件事，盛怒之下就带了几十名婢女拔出刀去杀她。到了现场，却见这位女士正在梳头，长长的黑发垂落着铺到地上，肤色如玉石般洁白润泽，而且毫不动容，她慢慢地对公主一行人说：“国破家亡，并无心到这里来，今天能杀了我，也是心愿。”

这实在是电影中的场景，到了这一镜头时转折性的景况就出现了——“主惭而退”，意思是惭愧着离开了。这样一种美的展示，竟使因妒心而起、盛怒之下的强者感化，并起了恻隐之心而退缩了。在今人看来，也许只有在唯美主义盛行的魏晋时代，人们用魏晋风度的概念去理解和诠释，才是最好的心灵沟通了。《世说新语》中的这则故事的结局已是让人非常感动，不过这则故事下刘孝标注引《妒记》，却将结局推向了另一个极端——“主于是掷刀前抱之，曰，‘阿子，我见汝亦怜，何况老奴！’遂善之。”意思是说，我见你都觉得可爱，何况那老东西！“我见犹怜”于是约定俗成作为成语使用了，形容女子容貌美丽动人。这实在是一种“刀尖上的风度”啊。

读周一良《魏晋南北朝史札记》中《〈南齐书〉札记·拔白》一节，有云：“东昏本纪云，‘又虚设铠马斋仗千人，皆张弓拔白，出东掖门。’《南史》五东昏纪文同。又卷二九周盘龙传，‘仍登岸，拔白争门’。拔白，即拔白刃之省文。《世说新语》‘贤媛门’记桓温娶李势妹为妾，温妻南康公主‘与数十婢拔白刃袭之’。注引《妒记》作‘乃拔刃往’，知拔白即拔刃也。”有关“拔白”一词，周氏援引《世说新语》佐证“拔白即拔白刃之省文”“知拔白即拔刃也”，恐有误读。

其一，《世说新语》中“与数十婢拔白刃袭之”与刘孝标注引《妒记》中“乃拔刃往”并不矛盾，且相互印证，知“拔白刃”即是“拔刃”，而不能看出周氏所谓“知拔白即拔刃也”的结论，更不能看出有“拔白即拔白刃之省文”的结论，而说“拔刃即拔白刃之省文”则能讲得通。

其二，周氏札记所引《南齐书》“又虚设铠马斋仗千人，皆张弓拔白，出东掖门。”语句中“拔白”一词，一般的解释是指“从箭囊中拔箭在手。白，指白羽箭”，而“拔白即拔白刃之省文”一说亦恐为周氏一家之言。

其三，“拔白”除了以上的解释之外，大致还有两种解释。一是拔去白发，如曹魏时诗人应璩《杂诗》中的句子“丑麄人所恶，拔白自洗苏”。二是东方发白，即破晓。如元马致远《青衫泪》第一折：“从天未拔白，酒旗挑在歌楼外。”除此而外，似乎就再没有其他的释义了。

以上虽为故事之外的话题，算是题外话，但“刀尖上的风度”却于此是不应该有的，谓之为班门弄斧亦是顾不得了。

原文：

【贤媛 19 · 21】桓宣武平蜀，以李势妹为妾，甚有宠，常著斋后。主始不知，既闻，与数十婢拔白刃袭之。正值李梳头，发委藉地，肤色玉曜，不为动容，徐曰：“国破家亡，无心至此。今日若能见杀，乃是本怀。”主惭而退。

何须身后千载名

费先生在老鹳画室以行草笔意书四尺整张一纸，内容为“使我有身后名，不如即时一杯酒”，落款说是魏晋人语。后来我翻《世说新语》，才知道这句有名的话出自魏晋名人张翰的口中。张翰之后，引用这句话的人就实在是太多了，比如李白在《行路难》中就有“且乐生前一杯酒，何须身后千载名”之句。

关于张翰，《晋书》本传中的文字也很简短，说他是今江苏苏州人，字季鹰，生卒年不详，盛年应在“八王之乱”时期，活了五十七岁则是明确的。他“有清才，善属文”，性格纵任不拘，时人把他比之为阮籍，因为阮籍做过步兵校尉，所以称他为“江东步兵”。本传中有关他的事迹很少，少于《世说新语》，其实《世说新语》中有关他的事迹亦仅有四篇之多。他的“善属文”，那首很有名的《思吴江歌》可以佐证：“秋风起兮木叶飞，吴江水兮鲈正肥。三千里兮家未归，恨难禁兮仰天悲。”不过，钟嵘《诗品》中却很是称赞他的另一首诗，“季鹰‘黄花’之唱，虽不全美，而文采高卓华丽，得到了虬龙的片甲，凤凰的一毛”，于是将他的诗品评为中品，是与陆云、孙楚等人齐名的。所谓“季鹰‘黄花’之唱”，后来有人考证说是指他《杂诗》中的句子“青条若总翠，黄花如散金”，文采果真是“高卓华丽”。

张翰说“使我有身后名，不如即时一杯酒”这句话的背景，在《世说新语》“任诞门”中有所记载。他平日里总是任情放纵，于是有人问他：“你怎么可以放纵、安逸一时，难道不考虑身后的名声吗？”他则回答说：“与其让我身后有名，还不如现在喝一杯酒。”他的“任诞”在这一门中还记有一事，说司空贺循任职京都洛阳从吴地经过，在船上弹琴，清朗的琴声被张翰听到，就找了过来。此前两人并不认识，但初次见面却很投机，于是他问人家到哪里去？贺循说去京城任职。他则说他正好在京城有事。于是给家里人也没有说就乘船走了，家里则是后来才听说到这件事。他这样的做派可以说是“任诞”，其实以现在的眼光看来确乎是有些神经质的行为，而在《世说新语》“伤逝门”中的一则故事中表现得就更是突出了。故事说张翰的同乡好友顾荣生前好琴，死了以后，家人便经常把琴放在灵床上。他去哭吊，忍不住内心的悲痛，就跳上去弹几曲，说了一句“顾荣还能再欣赏一下这些曲子吗”，然后又大哭起来，连孝子的手也不握一下就离开了。

其实这位张翰还有一个更为出名的典故发生在他的名下，那就是“莼鲈之思”，而《世说新语》“识鉴门”中就记了下来。公元302年，他在首都洛阳任齐王司马冏的东曹属官，见秋风起了便想吃老家吴中的菰菜羹和鲈鱼脍，说道：“人生可贵的是能够顺心罢了，怎么能远离家乡到几千里外做官，来追求名声和爵位呢！”于是坐上车就南归了。不久，齐王败亡，他则躲过一劫，当时人们就都认为他能见微知著。

实际上，如果联系一下上边讲述的他的几则故事，与其说他能见微知著，即有很强的政治敏锐性和鉴别力，还不如说他性格使然，放达情性，淡泊名利，追求人生的快意，而又有惧祸避乱的心思发挥了更重要的作用。总而言之，他与名利决绝的人生态度是非常彻底的，因而他所说的话——“使我有身后名，不如即时一杯酒”“人生贵得适意尔，何能羁宦数千里以要名爵”都是非常有名的句子了，一直为后来的人所追捧。还是李白的那首《行路难》中的“且乐生前一杯酒，何须身后千载名？”的前一句，就是“君不见，吴中张翰称达生，秋风忽忆江东行”，以咏其事。而欧阳询有名的帖子《张翰帖》在时隔二百年后亦是记录了张翰的逸事，末句仍是“翰因见秋风起，乃思吴中菰菜鲈鱼，遂命驾而归”的话，该帖现存北京故宫博物院。至宋一代，辛弃疾欲学不能，反用其意，只好叹一句“休说鲈鱼堪脍，尽西风，季鹰归未”而闲愁万种，幽怨着说“把吴钩看了，阑干拍遍，无人会，登临意”作罢。张翰所为所言，真是独格高蹈，风流无限了。

在汉末魏晋时代，能看到很多这样舍弃名利等身外之物，而追求即时的人生适意、快乐的短歌长吟，其中《古诗十九首》中就有“生年不满百，常怀千岁忧。昼短苦夜长，何不秉烛游！为乐当及时，何能待来兹”的句子，实在是与张翰的话有着异曲同工之妙。深层次的缘由，其中有着人性的觉醒，而另一方面正如李泽厚所言，他们“处在身不由己的政治争夺中，正是由于残酷的政治清洗和身家毁灭，使他们的人生慨叹夹杂无边的忧惧和深重的哀伤”。其实，何尝又不是后来的人难解的人生困惑呢！

原文：

【任诞 23 · 20】张季鹰纵任不拘，时人号为“江东步兵”。或谓之曰：“卿乃可纵适一时，独不为身后名邪？”答曰：“使我有身后名，不如即时一杯酒！”

【伤逝 17 · 7】顾彦先平生好琴，及丧，家人常以琴置灵床上。

张季鹰往哭之，不胜其恸，遂径上床，鼓琴，作数曲竟，抚琴曰："顾彦先颇复赏此不？"因又大恸，遂不执孝子手而出。

【识鉴7·10】张季鹰辟齐王东曹掾，在洛见秋风起，因思吴中菰菜羹、鲈鱼脍，曰："人生贵得适意尔，何能羁宦数千里以要名爵！"遂命驾便归。俄而齐王败，时人皆谓为见机。

一种婚姻，几时心情

读《世说新语》，我们也能读出一些魏晋时期婚嫁方面的信息来。在《世说新语》“方正门”中，有一则故事说诸葛恢将大女儿嫁给了太尉庾亮的儿子庾会，后来庾会在苏峻谋反时被害身亡，大女儿于是改嫁晋中兴大臣江虨；二女儿嫁给了徐州刺史羊忱的儿子羊楷；儿子诸葛衡则娶了邓攸的女儿。这时，尚书谢裒请求娶他的小女儿为儿媳，却被诸葛恢拒绝了。他这样说：“羊家、邓家是世代有通婚关系的亲戚，江家是我顾念他，庾家是他顾念我，不能再与谢裒的儿子结亲。”不过，这桩婚姻在他死了之后还是成了。大书法家王羲之去谢家看了新媳妇，还夸赞说：“真是有他爸的风范，容貌举止端正庄重，仪容服饰光彩整饬。我嫁女儿时也才能这样啊！”

在“方正门”中还有另外一则推辞求婚的故事，说王述的儿子王坦之在桓温手下做事，桓温为儿子求娶王坦之的女儿，王坦之就说回家向父亲请示一下。王述是太喜欢他这个儿子了，虽然已经长大，但总是习惯把他抱在自己的腿上。这天谈到了这件事，王述大怒，就把儿子从膝上推了下去，说：“见不得你这瓜屄样子，怕驳了桓温面子？一个当兵的，怎能把女儿嫁给他？”于是王坦之回复桓温说：“家里原先已经给女儿找到婆家。”桓温何等聪明，悻悻说道：

“是你父亲不同意罢了。”后来，桓温把女儿嫁给了王坦之的儿子。

这两桩拒绝婚姻的事件，关键都在于门户之见。在晋初渡江时期，世家大族中王、诸葛两姓并称，谢家那时还不行，谢家是在谢尚、谢安发达之后才兴盛起来，我们也才看到了“旧时王谢堂前燕”的情景，所以那时诸葛恢压根儿就看不起谢氏，因而拒绝谢裒为儿子求婚。而在桓温时期，王、谢两姓却是有名望的豪门大族，桓温虽掌兵权，做着大司马的高官，但属寒门，还是为士大夫所鄙弃的，因而王述不愿意让孙女出嫁给桓温的儿子。不过，不愿意就不愿意，但王述说的那句话，即使放在今天让我们听，却实在也是够恶心人的，可见那时服着兵役也是为权贵所看不起的。这种情况，也能从王仲荦的《魏晋南北朝史》中了解到。当然，据说还有一种相反的情况，寒门女嫁与士族儿却是当时门阀制度下的一种风尚。桓温女儿嫁给了王坦之的儿子，也许就可以作为一个例证。

当然，门户之见只是家族之间权衡婚姻匹配关系的一种考量，还有一些婚姻当事人自身条件的相互认可或者当时的婚配风尚，也在《世说新语》中有所体现。“假谲门”中有故事说温峤死了妻子，这时堂姑刘家遭逢战乱而流离失所，还有一个女儿待字闺中，有姿色且很聪明，就托他给寻找一门亲事。这家伙动了念头，就说：“像我这个样子怎么样？”姑母说：“丧乱苟且偷生，我年龄也大了，哪敢找像你这样出众的人。”过了几天，温峤回话说：“已经找到人家了，门第还可以，女婿的名声官位都不比我差。”并送了一个玉镜台作为聘礼，姑母十分高兴。结婚行了交拜礼后，新娘拨开纱扇，拍手大笑说：“我怀疑是你这老东西，果然不出所料。”门第、名声、官位作为婚姻匹配的条件，几乎陈陈相因下来，现在亦能看出旧时的影子。温峤因为讨伐王敦、苏峻有功，被封为骠骑将军，这桩婚姻亦应算作是老夫少妻的典型匹配。《世说新语》中“假谲”二字的意思是虚假、欺诈，故事中温峤确实也是使用了一些手段，但他关于婚姻匹配条件的话语，应该还是可信的。

再说说诸葛恢大女儿的改嫁，《世说新语》中“假谲”“伤逝”门中就有两条记录。说她守寡之后发誓不再改嫁，但诸葛恢已经把她许配给了江虨，就骗她说是搬家，其实就在江家附近时留下了她一个人，等她察觉已经出不来了。江虨傍晚过来，她哭闹得很凶，过了几天慢慢平复了下来，但还是不理江虨。江虨觉得有戏，有一天就假寐装死。这女子终究善良，就叫来婢女说：“把江郎唤醒！”于是江虨跳起来说：“看来你还是关心我，不能不和我说话。”女子默然无语而心中惭愧，二人情义于是深厚起来。在此之前，诸葛恢曾在给庾亮的信中说到女儿改嫁的事，庾亮的态度是值得我们赞赏的，他说：“贤女尚少，故其宜也。感念亡儿，若在初没。”翻译成现在的话就是，令爱年纪尚轻，本来应该这样；然而在我的感情上，觉得亡儿仿佛刚刚离去。这时再看诸葛恢拒绝谢家求婚时所说的话——“江家是我顾念他，庾家是他顾念我”，心思就应该是很复杂了。

原文：

【方正 5 · 25】诸葛恢大女适太尉庾亮儿，次女适徐州刺史羊忱儿。亮子被苏峻害，改适江虨。恢儿娶邓攸女。于时谢尚书求其小女婚。恢乃云：“羊、邓是世婚，江家我顾伊，庾家伊顾我，不能复与谢裒儿婚。”及恢亡，遂婚。于是王右军往谢家看新妇，犹有恢之遗法，威仪端详，容服光整。王叹曰：“我在遣女，裁得尔耳！”

【方正 5 · 58】王文度为桓公长史时，桓为儿求王女，王许咨蓝田。既还，蓝田爱念文度，虽长大，犹抱著膝上。文度因言桓求己女婚。蓝田大怒，排文度下膝。曰：“恶见文度已复痴，畏桓温面？

兵，那可嫁女与之！”文度还报云：“下官家中先得婚处。”桓公曰：“吾知矣，此尊府君不肯耳。”后桓女遂嫁文度儿。

【假谲 27·9】温公丧妇。从姑刘氏家值乱离散，唯有一女，甚有姿慧。姑以属公觅婚，公密有自婚意，答云：“佳婿难得，但如峤比云何？”姑云：“丧败之余，乞粗存活，便足慰吾余年，何敢希汝比？”却后少日，公报姑云：“已觅得婚处，门地粗可，婿身名宦尽不减峤。”因下玉镜台一枚。姑大喜。既婚，交礼，女以手披纱扇，抚掌大笑曰：“我固疑是老奴，果如所卜！”玉镜台，是公为刘越石长史，北征刘聪所得。

【假谲 27·10】诸葛令女，庾氏妇，既寡，誓云：“不复重出！”此女性甚正强，无有登车理。恢既许江思玄婚，乃移家近之。初，诳女云：“宜徙于是。”家人一时去，独留女在后。比其觉，已不复得出。江郎莫来，女哭詈弥甚，积日渐歇。江虨暝入宿，恒在对床上。后观其意转帖，虨乃诈厌，良久不悟，声气转急。女乃呼婢云：“唤江郎觉！”江于是跃来就之，曰：“我自是天下男子，厌，何预卿事而见唤邪？既尔相关，不得不与人语。”女默然而惭，情义遂笃。

【伤逝 17·8】庾亮儿遭苏峻难遇害。诸葛道明女为庾儿妇，既寡，将改适，与亮书及之。亮答曰：“贤女尚少，故其宜也。感念亡儿，若在初没。”

苹果的故事

几年前在一个内刊上看到新东方掌门人俞敏洪在母校北大的演讲稿，读来觉得实在是精彩极了，现在印象亦是深刻。他所谈大致都为他在校时的生活经历，如“我还记得我自己为了吸引女生的注意，每到寒假和暑假都帮着女生扛包；后来我发现那个女生有男朋友，我就问她为什么还要让我扛包，她说为了让男朋友休息一下”。其真率和幽默堪称一绝。

他在演讲中还讲到一个有关苹果的故事。他说，有一个企业家和我讲起他大学时候的往事，他们班有一个同学家庭比较富有，每个礼拜都会带六个苹果到学校来。宿舍里的同学以为是一人一个，结果他是自己一天吃一个。尽管苹果是他的，不给你也不能抢，但是从此同学留下一个印象，就是这个孩子太自私。后来，这个企业家成功了，而那个吃苹果的同学还没有取得成功，就希望加入到这个企业家的队伍里来。但后来大家一商量，说不能让他加盟，原因很简单，因为在大学的时候他从来没有体现过分享精神。所以，对同学们来说，在大学时代的第一个要点是，你得跟同学们分享你所拥有的东西，感情、思想、财富都可以，哪怕是一个苹果也可以分成六瓣和大家一起吃。因为你要知道，这样做了你将来能得到更多，而你的付出永远不会是白白付出的。

这个有名的苹果的故事，后来几乎成为我周围的同事用于调侃某人缺乏与众分享情怀的典型事例——“是的，我拿苹果自己吃”。这几天读《世说新语》，“黜免门”中就读到一则类似的故事。桓温与属下共餐，有位参军用筷子夹蒸薤，太黏一时分不开，筷子粘住拔不出来，共餐的人不但不帮忙，还大笑起来。桓温说：“同盘尚不相助，况复危难乎？”于是下令免去一起就餐的人的职务。在桓温看来，同盘共餐尚且不能相助，何况是遇到危难呢？他这种类推的思维，与苹果的故事有着异曲同工之妙。在感情、思想、财富以及危难面前，大家都应该抱有一种分享与担当精神。这个故事的真实程度到底如何且不管它，但它阐释的道理却是客观的。明人王世懋在读到这则故事时评论说：“讥评可耳，何至免官？”他认为是有些重了，但看桓温的一些资料，我私下以为这应该才是这位大将军的做派。

在《世说新语》“识鉴门”中还有一则谢安的故事，说谢安在东山收养女妓，简文帝司马昱就评价说：“谢安一定会出山的，既然能够与人同享快乐，就不可能不与人共忧患。”这也有些苹果的故事的味道。那时，朝廷让谢安出来做官，谢安死活不肯，整天就和王羲之、支道林等人游山玩水、纵心事外。但从后来的历史看，简文帝的识鉴能力还是很准的。谢安在国难当头终究出山了，主导了淝水之战，成就了中国历史上以少胜多的著名战例；又拖死了桓温，杜绝了他颠覆东晋王权，赢得了晋王朝几十年的安定时期。

见微知著，识鉴明察，分享与担当，其实就是一个苹果折射出来的光芒。

原文：

【黜免 28·4】桓公坐有参军椅烝薤，不时解，共食者又不助，而椅终不放。举座皆笑。桓公曰："同盘尚不相助，况复危难乎？"敕令免官。

【识鉴 7·21】谢公在东山畜妓，简文曰："安石必出。既与人同乐，亦不得不与人同忧。"

出世和入世

据说长安城南终南山有隐士五千余人，在比尔·波特《空谷幽兰》出版后，这座山以及隐身其中的隐士就更加出名了。去年，吕浩带来一本《问道——寻访终南山当代隐士》的书，通览之后，就对这座山、这些人有了更为深入的了解。其实在平常的日子里，也会在周末或者节假日驱车南行并缓步入山，只是在浅山，不会与隐士们有邂逅的机缘，但对山中生活感性的认识还是有所体会的。

我私下似乎并不是太喜欢这种隐士的生活，关于《问道——寻访终南山当代隐士》就因为这种不喜欢，于是就写下了这样一段评说——“这些文字，大部分都是在编织着一些神秘而有味道的故事，而这些故事却又潜移默化地隐含了一些生存的智慧与生活的哲学。书中的人物，大多是已多年脱离于现代生活环境的高人或隐士，他们对于生命与生活本意的理解，已显然不同于整日里在熙熙攘攘、忙忙乱乱中挥霍时光的众生，他们因为生活环境的相对封闭性以及个体有意无意地对生命本质的价值取向的独特追求，所形成的生存、生活理念呈现出来的气质与气象是相当另类的。但仔细思考，有很多的时候，他们甚至是以个体生态牺牲为代价，在努力地寻找和继承将要丢失的人类文明，在积极地回归自然，探寻人与自然和谐生存的途径，承受着血与火的历练”。

所谓“血与火的历练”，是基于对隐士们生存环境与生活方式的担心。有一段文字是这样描述隐修者的生活状态的：“一路上我们看到，每个隐修者都在自己的茅棚周围开垦了小块的土地，种植蔬菜、瓜果，依靠辛苦劳作而生活。除了能从自然中获取食物，他们生活所需的油盐、米面、衣被，则主要来自周边山民的布施，或者是山外亲朋好友、居士的供给。即使是这些，也来之不易。沿着崎岖陡峭的山路，步行到离山口最近的茅棚，至少要一个小时。由于交通极其不便，他们所有的生活用品都必须从山下背上去。”除此而外，应该还须忍受恶劣的天气、自然环境、个体精神因素的刁难，以及更多的意想不到的灾祸的困扰，丝毫没有陶渊明所谓“采菊东篱下，悠然见南山”的轻松与愉悦。

人是向往舒适生活的，即使在魏晋时代，那些所谓的高贤逸士，亦曾有过对舒适生活依恋的情感流露。《世说新语》“言语门”中有则故事，说许询赴京都建康，在京兆丹阳郡最高行政长官刘惔家里留宿，床帐簇新华丽，饮食丰盛甘美，实在应是美好的日子，于是就感慨地说：“若能保全这地方，比东山隐居强多了。”刘惔回答：“你若是懂得吉凶由人造成，我怎么能不保全这里呢？”当时王羲之也在座，他批评二人道：“假若巢父、许由遇到稷、契，大概不会有这种对话。”巢父、许由是两位有名的隐士，稷、契是两位有名的贤臣，王羲之是在以古讽今，批评他们二人没有古代贤者和隐士的操守才会有这样的对话，因而故事结尾说二人听了都面有愧色。

东山隐居，在后人看来是多么的风流倜傥，谢安、王羲之、许询辈悠游林下，为一时之美谈。许询却在面对都市舒适生活时说出了真心话，并不认为东山隐居是理想中的生活方式，而刘惔似乎也予以认可，只是存有对政治风云变幻莫测的担心，但王羲之却以礼教的先例纠正着这种自以为是的不良倾向，这是值得思考的。不难看出，王羲之身处偏安一隅的东晋王朝，他的处世态度实际上已经达到了一种矛盾的统一，用世和放达都有着内在的严肃感，用世则有出尘之情操，隐逸则以家国责任为重，其出世与入世都完美地和谐着，而且能以优雅的姿态呈现出来。

1926 年，美学家朱光潜在一篇文章中提出了一种生活态度——“以出世的精神，做入世的事业”，后来在谈到弘一法师时又说了这样的话，还说这是他年轻时的生活理想，这种理想一直为很多的人所接受，所终生追求。冯友兰也说“中国古代圣人既是入世的又是出世的”，大致亦有这样的含义在里边。以这样的生活态度回望终南隐士的生存状态，以及刘惔、许询的对谈，倘若深入思考，所谓隐居终南、悠游东山都能留给我们一些对生活的启发。不过，生命个体对于生活方式的选择都是应该尊重的，不论是圣人还是常人，都要努力地回归自然、实现自我，生命的燃烧同样会在岁月的长河中焕发出异彩。

原文：

【言语 2 · 69】刘真长为丹阳尹，许玄度出都，就刘宿。床帷新丽，饮食丰甘。许曰：“若保全此处，殊胜东山。”刘曰：“卿若知吉凶由人，吾安得不保此！”王逸少在座，曰：“令巢、许遇稷、契，当无此言。”二人并有愧色。

软肋

在男权社会里，男性虽为社会的主导，但家庭关系中亦常有相反的情况出现，即女性并不受制于男性，且有反常的作为，似乎这亦为世界性的难题。《世说新语》“规箴门”中就有一则故事说王衍的夫人郭氏，才能低劣且性格刚烈，搜刮财富永不满足，还喜欢干预别人的事，整得王衍非常头疼，但又拿她没脾气。

这对身居官场的王衍来说，是非常要命的事。王衍出身于山东琅邪王氏家族，是书圣王羲之的叔辈，在崇尚门第出身的魏晋时期，也算是有影响的大户人家。而且，就他自身的情况看，其官至太尉、尚书、司徒，又是魏晋清谈的代表人物之一，个人风神洒落而常为时人所赏誉，尤其是他的那些很有影响力的堂兄弟们，就把他夸得像是天外来客一般。比如，王敦就说他“夷甫处众中，如珠玉在瓦石间”；王导也夸他“岩岩清峙，壁立千仞”“唯共推太尉，此君特秀”；“竹林七贤”之一的王戎更说他“太尉神姿高彻，如瑶林琼树，自然是风尘外物”。在《世说新语》中，有关他的小故事就有四十二条之多；在《汉语成语词典》中，有关他的成语词条亦有十余条之多，如信口雌黄、举阿堵物等，可见他的魅力是多么出众。

王衍就是这样的人物，却玩不转自己的夫人。郭氏到底是怎样的人物呢？她是太原人郭豫的女儿。郭豫官至相国参军，为司马昭效劳，很有名望，据说死时年岁还不是太大。另一方面，郭氏与晋惠帝司马衷的皇后贾南风还是表亲。在晋武帝司马炎死后，晋惠帝司马衷继位，这位阿哥就是曾经闹过“何不食肉糜”的笑话的那位，脑子似乎不大好用，于是皇后贾南风就掌权了。王衍当然乐于与皇后联手，如此则可以在政坛中纵横捭阖，官也自然做得如鱼得水。郭氏的不能受制于王衍，除了性格上刚愎贪婪之外，她的出身背景恐怕也应是比较重要的因素。

《世说新语》中有关郭氏的小故事有三则，且都在“规箴门”中。“规箴”的意思就是劝诫、规谏，可见王衍规劝郭氏的旧事是相当出名的。一则故事说，王衍崇尚玄虚超脱，厌恶妻子的贪婪污秽，所以口中从不说“钱”字，于是郭氏就想试试他，命令侍婢以钱绕床而让他出不来。王衍早上起床见钱妨碍行走，就呼唤侍婢说：“拿开这阿堵物！”他就是不说“钱”字，然后故事就结束了。自此以降，“阿堵物”就成了“钱”的代称，一直流传了下来。这个词倘若翻译成现代汉语，就是“这个东西”，而王衍的个性在故事中就这样很鲜明地表现了出来。另一则故事说，郭氏贪婪，让婢女干担粪的重体力活，当时才十四五岁的小叔子王澄看不惯，就劝阻她，她大发雷霆地骂道：“当初老夫人临终时，把你托付给了我，不是把我托付给了你。”然后她就抓住小叔子的后衣襟要打棍子，王澄有力气，挣脱着跳窗逃跑了。这个故事十分形象、传神地暴露出了郭氏的性格特点。

在这几则故事里，郭氏看起来实在就没有办法约束了，不过我们所讲的第一则故事还没有完，王衍后来还是想了一个办法，因为人总是有软肋的。王衍知道郭氏害怕一个人，这个人就是她的同乡——幽州刺史李阳，他是京都有名的侠客，如同汉代楼护一样的人物。于是王衍在多次劝她的时候都顺便说:“不但我说你这样不对，李阳也认为你不对。”郭氏还真的有些收敛了。

可见，人总是有软肋的，而且软肋一旦为他人掌握，总有服软的时候。

原文:

【规箴 10 · 8】王夷甫妇，郭泰宁女，才拙而性刚，聚敛无厌，干豫人事。夷甫患之而不能禁。时其乡人幽州刺史李阳，京都大侠，犹汉之楼护，郭氏惮之。夷甫骤谏之，乃曰:“非但我言卿不可，李阳亦谓卿不可。”郭氏小为之损。

【规箴 10 · 9】王夷甫雅尚玄远，常嫉其妇贪浊，口未尝言“钱”字。妇欲试之，令婢以钱绕床，不得行。夷甫晨起，见钱阂行，呼婢曰:“举却阿堵物。”

【规箴 10 · 10】王平子年十四五，见王夷甫妻郭氏贪欲，令婢路上儋粪。平子谏之，并言不可。郭大怒，谓平子曰:“昔夫人临终，以小郎嘱新妇，不以新妇嘱小郎!”急捉衣裾，将与杖。平子饶力，争得脱，踰窗而走。

不会装傻

上中学时课本中有一篇《杨修之死》的文章，题目是编者加的，选自罗贯中的长篇历史小说《三国演义》第七十二回，记得当时读得津津有味，深为杨修的聪明、敏捷折腰。后来年岁渐长，也在生活中经历了一些摔打，每每想起课本中的内容，就多少有了一些觉悟，觉得自己当时还是少不更事，没有生活的历练，对一些浮华的表象缺乏认知和辨析的能力。

《杨修之死》中罗列了能够表现杨修才思敏捷的事例大致有七条，其中有三条事关曹操立储的大事。在曹植与曹丕之间，杨修的参与影响了曹操的评判，极大地激怒了曹操。在曹操看来，这家伙早该死了，只是没有一个合适的机会罢了。待到曹操与马超作战，双方对决胜负难明之时，曹操一句“鸡肋”的军中口令，暗含“食之无肉，弃之有味”的含义，但又被杨修猜透心思，并动员军兵收拾行装准备撤退，扰乱了军心，终于被曹操以此为借口将其斩首示众了。死时才三十四岁，因而后人说他，“身死因才误，非关欲退兵”，小聪明玩得多了，是早已被曹操列入黑名单的。

杨修的才思敏捷，在当时看来就是比较出名的，传播也广。在《世说新语》一书“捷悟门”中，所列故事凡七则，杨修一人就占了开头的四则，可以说是独占鳌头了。在这四则故事中，《杨修之死》中的两条有可能来源于此，也就是较为著名的“门内一活为‘阔’”和“一人一口酥”的故事，都为玩小聪明的极端范例。当时，杨修担任着曹操的主簿，掌管文书、印章一类的事务，有些像今天的副秘书长的职位，对于长官心思的揣度应是自然的，但小聪明还是玩过了头，而且次数累计较多，犯了机关工作的大忌，引起了长官的反感，尤其是参与了本不该参与的立储大事，才使自己的小聪明走向了招祸的极致。为此，连曹操也生气地骂道：“匹夫安敢欺我耶！”杨修的死则是必然的。

要说曹操，在历史上亦能算作是惜才爱才的领袖。他早年发布招贤令，广招天下英才，其心可昭。就是从后来的实际情况看，魏、蜀、吴三足鼎立，在曹操一方人才储备亦为最雄厚的，为后来的历史走向起了决定性的作用。但曹操见不得杨修，见不得他热衷于玩小聪明的做派，这也是一般的领导者的普遍特征，因而只能在杨修身上寻找原因了。那就是，杨修涵养不够，历练不足，恃才放旷，不会装傻，以才得宠，以才害身，聪明反被聪明误，最终连身家性命亦搭上去了。

在日常生活中，喜欢像杨修一样玩玩小聪明的人又何其少呢？现在，生活环境变化，其危害虽不会出现杨修一般的遭遇，但像杨修一样的小聪明还是能引起周围的人极端的反感的。其实，天下的人中傻子能有多少，因而《杨修之死》的故事在少年时可能会羡其新奇，在年长之后则应吸取他的教训了。

原文：

【捷悟11·1】杨德祖为魏武主簿，时作相国门，始构榱桷，魏武自出看，使人题门作“活”字，便去。杨见，即令坏之。既竟，曰：“门中‘活’，‘阔’字，王正嫌门大也。”

【捷悟11·2】人饷魏武一杯酪，魏武啖少许，盖头上题“合”字以示众。众莫能解。次至杨脩，脩便啖，曰：“公教人啖一口也，复何疑！”

王献之的婚姻生活

在《世说新语》“德行门”中有一则关于王献之的故事，说他得了重病，请道家来替他上表奏请天神消灾去祸，照规矩病人要坦白自己的过错，王献之说：“想不起别的事，只记得和郗家离过婚。”故事虽短，但纸短情长，他的诚恳态度和忏悔意识却是暴露无遗了，而他的婚姻生活亦是浮出了水面。

王献之是王羲之的第七个儿子，也是最小的一个。据《晋书》所载，在王羲之的七个儿子中，有五个是在史籍中较出名的，而王献之则最为突出。王献之的结发妻子是郗昙的女儿郗道茂，而王羲之的夫人郗璿则是郗昙的姐姐，也就是说他们二人是近亲结婚，郗道茂的婆婆就是自己的亲姑姑，王献之娶的是自己的表姐。他们小时候就在一起玩耍，很熟悉，等郗道茂到了谈婚论嫁的年龄，王献之就央求父亲为自己提婚。为此，王羲之就还给郗昙写了一封信：“中郎女颇有所向不？今时婚对，自不可复得。仆往意，君颇论不？大都比亦当在君耶！”用现在的话说就是，“你家女孩有没有中意的对象？如果没有，就和我家小郎结婚，那是再好不过了。希望你考虑一下”。于是，两个人很快就结婚了。青梅竹马，喜结连理，应该算是幸福美满的婚姻，可悲的是他们生的一个女儿却夭折了。

过了几年，朝廷发生了一件大事，影响到了王献之的婚姻生活。在晋孝武帝宁康元年（373），大将军桓温的儿子、驸马桓济与兄长桓熙，参与谋杀叔父、时任车骑将军兼都督七州军事的桓冲，结果事情败露了。桓温在临死之前下令拘捕了两个儿子，晋孝武帝亦废除了驸马桓济，并把他发配到了长沙。这时，朝廷重臣谢安、王坦之等人与新安公主司马道福的母亲徐贵人商议，决定将新安公主改嫁与王献之。此时晋孝武帝十一岁，自然是权臣们说了算，这样王献之只好与郗道茂离婚成为驸马，而由此亦进入了权力中心，一路建威将军、吴兴太守到官至中书令，很显然这个婚姻是带有明显的政治色彩的。从一些资料上看，谢安对王献之的欣赏，也是很重要的因素。不过还有一个说法是，新安公主很早就暗恋王献之，所以才有这样的官方行为，亦有一定的道理。王献之和新安公主生有一个女儿，取名神爱。过了半年，王献之就死了，只活了四十二岁。神爱后来做了皇后，嫁给了痴呆皇帝晋安帝。

王献之与新安公主的婚姻，据说最初王献之本人也不愿意，他曾以自残的方式相推辞，以艾草烧伤双脚，称行动不便不能完婚，不过还是以失败而告终，后来竟落下了跛足的毛病。就这样，王献之和郗道茂本来好好的一场婚姻，却被政治玩没了。再说郗道茂离开王家后，此时她父亲已死，她无处安身，只好寄生于伯父郗愔门下，也没有再嫁，凄苦着郁郁而终。王献之对于郗道茂的感情应该说是真挚的，正如文首所引《世说新语》中的故事那样，他觉得自己是有过失的，但反过来想，即使他坚持不做驸马，后果又能是怎样呢？好在他是书法家，在《淳化阁帖》中收录的二王法帖中，有几则是能看出他对结发妻子的深情的，如《思恋帖》这样写道：“思恋，无往不至。省告，对之悲塞！未知何日复得奉见。何以喻此心！惟愿尽珍重理。迟此信反，复知动静。”翻译过来就是：“我对你的思恋无处不在，每时每刻。我反省自己时悲哀充满天地！不知道什么时候能再与你相见。怎么样才能让你明白我的心呢！只希望你能多多保重。无论早晚一定给我回信，让我知道你的情况。”还有《姊性缠绵帖》说：“姊性缠绵，触事殊当不可。献之方当长愁耳。”更有《奉对帖》说：“虽奉对积年，可以为尽日之欢，常苦不尽触类之畅。方欲与姊极当年之足，以之偕老，岂谓乖别至此。诸怀怅塞实深，当复何由日夕见姊耶？俯仰悲咽，实无已无已，唯当绝气耳。”则都是极尽怨怼与悲愁之苦了。

除此二人遗事之外，相传王献之还做过《桃叶歌》，其在《乐府诗集》中有录。郭茂倩解题引《古今乐录》：“《桃叶歌》者，晋王子敬所作也。桃叶，子敬妾名，缘于笃爱，所以歌之。《隋书·五行志》曰：陈时江南盛歌王献之《桃叶》诗，云：‘桃叶复桃叶，渡江不用楫。但渡无所苦，我自迎接汝。’”这里似乎记录了王献之纳妾的轶事广为坊间流传，但史书中实无记载，我们只好把它作为文人的一时雅兴之作来理解了。

其实这样的推演，我们究竟能还原多少真相呢？历史往往是很苍白的。

原文：

【德行1·39】王子敬病笃，道家上章，应首过，问子敬：“由来有何异同得失？”子敬云：“不觉有余事，惟忆与郗家离婚。”

直是怕他

同僚们在一起玩，大多时候是不好玩的，一颦一笑之间，也许就会结下梁子。尤其是上、下级相处要处好，实在也是一门高难度的艺术，所以古来就有伴君如伴虎一说，要举出一二个例子来，倒是很容易的事。话说《南齐书》中说，齐高帝萧道成喜好书法，即使当了皇帝，还是笃好不已。有一天，他问当朝书法名家王僧虔说："咱俩谁的书法第一？"王僧虔就回答说："我的第一。"一众人等看着皇上脸色变了，只见王僧虔又缓缓地说："陛下的也是第一。"大家都很奇怪，高帝问他怎么解释，他说："臣书臣书中第一，陛下书帝书中第一。"这样的回答自然是让领导舒服极了，这亦成为书法史上一桩有名的公案。

王僧虔是王羲之的族孙，他的祖父就是写下了著名的《伯远帖》的王珣，可谓是家学渊源，而他的隶、楷书也是相当厉害的。他经历了宋、齐两朝，服侍过三位皇帝，所以很会处理君臣关系，性格上也是幽默机智，善于应变。上面的那个故事，要是发生得稍微早一些，也极有可能就被刘义庆编进《世说新语》了。刘义庆编完《世说新语》的时候，王僧虔也不过十多岁，他自然是没有这样的机缘了。不过，《世说新语》中山东琅邪王氏一门"僧"字辈的人物，倒是还真出现了几个。

类似王僧虔式的厅堂对答，在翻阅《世说新语》的时候亦看到一例，其在“品藻门”中，也是有关山东琅邪王氏子弟的。故事是说桓玄做了太傅，大宴宾客，当大臣们到齐之后刚刚坐定，桓玄就问王羲之的孙子王桢之：“我比你的七叔献之如何？”当时宾客都屏住了呼吸，这时王桢之才回答说：“亡叔是当代楷模，您是千载英豪。”满座的人听了都很高兴。这实在亦能算作是一场精彩的厅堂对答，但一时的场景，有时想想还真要为对答者捏把汗，而他们在权力面前那种走钢丝的心态真是值得人们同情的。在《世说新语》中，王桢之的故事仅记录了两则，且都是和他的长官桓玄在一起的场景，而读读另一则亦有助于我们对于上文的理解。这一则是在“排调门”中，说桓玄和道士道曜讲论《老子》，王桢之那时掌管文书且也在座。桓玄说：“王主簿可以看着自己的名字思考道的真谛。”王桢之没有答话，只是大笑。这时桓玄说：“王思道能做大家子弟笑。”应是有赞许之意的。因为王桢之是黄门侍郎王徽之的儿子，小字“思道”，桓玄是和这位大家子弟逗了个乐子。

《世说新语》中的“品藻”有品评人物、鉴别流品的意思，通过审视人的才智、风格、气质、风度等分辨其流品高下，是和汉末的清议之风以及察举选官制度紧密相连的，也是当时的一种时尚。其内容看似轻松，实际上某些场景多少就有些在钢丝上跳舞的味道了。还是那句话，同僚们在一起玩，大多时候是不好玩的，因而明代文学家凌濛初在读《世说新语》“品藻门”中王桢之的故事时，就只写了四个字的评论——“直是怕他”，也算解人。

原文：

【品藻9·86】桓玄为太傅，大会，朝臣毕集。坐裁竟，问王桢之曰："我何如卿第七叔？"于时宾客为之咽气。王徐徐答曰："亡叔是一时之标，公是千载之英。"一坐欢然。

【排调25·63】桓南郡与道曜讲《老子》，王侍中为主簿，在座。桓曰："王主簿，可顾名思义。"王未答，且大笑。桓曰："王思道能作大家儿笑。"

我不生气

上学时偶尔会到伯父的办公室玩，他是一家国营厂子的厂长，那个厂子是上千人的单位。有一天他到车间去了，我随便翻开了他放在办公桌上的一个小笔记本，首页就看见抄着的一首《不气歌》。我很好奇，觉得他那么厉害，还会有人气他？而后年岁渐长，我就理解他了，那么多人那么多事，怎能没有气生呢？但要天天生气，岂不要当下就气死。所以，闲时看看《不气歌》警示自己，敌情也好。今年春上到同州天下义仓旧址参观，我和《不气歌》又不期而遇，才知道这首歌的作者是清末户部尚书阎敬铭，其诗歌的全文是："他人气我我不气，我本无心他来气；倘若生气中他计，气下病来无人替；请来医生将病治，反说气病治非易；气之危害太可惧，诚恐因气命要去；我今尝过气中味，不气不气真不气。"这首《不气歌》就在他的简介中，通读过后，对这位天下义仓的创建者就更是加深了印象。

《世说新语》"雅量门"中记录了西晋重臣王衍的两则故事都和不生气相关，读来实令人解颐。其一说，王衍有回给族人嘱托了一件事，好长时间也没见回复，有次在宴席上遇到了，就借机问道："日前嘱托您的事情，怎么没办？"族人大发雷霆，顺手就举起樏

（即食盒）摔在他的脸上。他没说一句话，洗完手、脸，就拉着丞相王导的胳膊和他同乘一辆牛车离去了。在车上，他照着镜子对丞相说："汝看我眼光，乃出牛背上。"看来他是真的不生气，有雅量了。

"汝看我眼光，乃出牛背上"，翻译过来是"你看我的眼光，竟在牛背之上"。但这样一句话，放在上文的语境中，还是颇费理解。我曾经看到过不同的考索，如，樏这种带有格子的食盒，摔在脸上，留下印迹，正像牛背角形一样，所以这么说；又如，这是一句自我解嘲的话，是缓解尴尬气氛的一种调侃。近人朱铸禹则说："人怒则眼光沉滞，今眼光出牛背上，示'风神英俊'如常，视方才之事蔑如，不足介意也。"牛背为着鞭之处，眼光出于牛背，意指不计较挨打受辱之类的小事，这大致较为妥帖。魏晋已远，语言文字多有衍变，因而蒋凡在《〈世说新语〉研究》书前就说，"读解《世说》有四难，首先就说有许多地方文字颇难理解"，亦为客观情况。

话题再回到不生气。上边的故事，王衍是有求于人，不料却无端受辱，但以自己的身份，亦无须争吵、打闹，至于是否生气，则是个人修养另一个层次的问题了。另一则故事则说，王衍和裴邈志趣不同，裴邈讨厌他但又想起用他，主意一直定不下来。于是，裴邈故意到王衍那里破口大骂，想让王衍和自己对骂，以此同受社会指责。可是，王衍并不动怒，慢腾腾地对他说："白眼儿终于发作了！"想来魏晋之时，官员们在一起也是特好玩的，然而王衍呢，还真是有雅量，以冷幽默的姿态做到了不生气。

在西晋，王衍不但人长得俊雅标致，而且才华横溢，常常把自己比作子贡，标榜自己有济世之才，再加上他崇尚老庄，精通玄理，官也做得顺畅，历任尚书令、司空、司徒等职，当时的仕宦人士都还是很仰慕他的，都视他为士族的领袖人物。按说王衍这样畅意的人生，又不生气，实能颐享天年了，只可惜生不逢时，还是早早地死去了。那是东海王司马越讨伐后赵的建立者石勒时，司马越死于军中，于是众推王衍为首领，战败，被石勒活捉，而后连同西晋的旧臣都被活埋了，死时其年仅五十六岁。不过，现在我们翻看他的逸事，看他的不生气，看他做人的雅量，以及处世态度，还是有借鉴意义的。

原文：

【雅量6·8】王夷甫尝属族人事，经时未行。遇于一处饮燕，因语之曰："近属尊事，那得不行？"族人大怒，便举樏掷其面。夷甫都无言，盥洗毕，牵王丞相臂，与共载去。在车中照镜语丞相曰："汝看我眼光，乃出牛背上。"

【雅量6·11】王夷甫与裴景声志好不同。景声恶欲取之，卒不能回。乃故诣王，肆言极骂，要王答己，欲以分谤。王不为动色，徐曰："白眼儿遂作。"

势利的兄弟们

势利的事情名人也做,《世说新语》“简傲门”中就说到了王献之兄弟几个也很势利。原来他们去见舅父郗愔时,都是着履而恭谨,注重礼仪。等到郗愔的儿子郗超死了之后,他们去见舅父时就都穿着高齿木屐,神态傲慢。让他们坐,他们也都说很忙没有工夫。他们走了之后,郗愔就感慨道:“假使郗超不死,鼠辈哪敢这样!”

这种情况似乎在他们兄弟几个身上表现得很严重,就连他们的母亲郗璿也看不下去。有一回,郗璿就对他的两个弟弟郗愔、郗昙说:“王家人见了谢安、谢万来了,倾筐倒庋尽其所有,就热情得不行;见你们来了,平平淡淡地,你们以后可以不必再来了。”这则故事在《世说新语》“贤媛门”中有记。对王献之来说,舅舅郗昙还应是他的岳父,是亲上加亲,但能有这样的情况出现,可见魏晋时期门阀之间的偏见是多么严重了。

有必要说说郗超这个人。他是郗愔的儿子,祖父郗鉴曾居东晋朝廷太尉的高位,这个家族和王、谢、桓、庾等家族一样,都是世家大户,家底很好。郗超呢,交游广泛,才具亦不同一般,还善于清谈。永和年间,会稽王司马昱很欣赏他,让他做了幕僚。没几年,桓温做了征西大将军,他就又跟随桓温鞍前马后地跑,官位也是一路地顺畅上升，历任大司马参军、散骑侍郎、中书侍郎、司徒左长史等。桓温北伐拥兵自重之后，他还与其密谋过皇帝的废立问题。史书上说，郗超担任中书侍郎时，坐镇朝廷，官员都害怕他。谢安和王坦之曾一同拜访他，等到晚上也没有见上人，就继续一直等下去。可见，当时郗超的权势有多么厉害。郗超在桓温死后没有几年也病逝了，死的时候才四十二岁，但他的父亲郗愔还活着。当郗愔感慨王献之兄弟对郗家傲慢时，他就自然想到自己的儿子郗超了。

其实，郗超在世时对王献之也还是蛮欣赏的。有一年晋护军长史范启给郗超写过一封信，信中说王献之“通体没有丰腴的地方，去了皮也没有什么润泽的东西”。郗超回答了他，讥讽道：“全身没有丰润之处，与全身没有真东西相比怎么样？”故事出自《世说新语》“排调门”。可见，他们表兄弟相互欣赏，相处也还应该是不错的。但王献之兄弟在郗超死后，对于舅舅家势利的表现，应是让人有些蔑视的。

王献之兄弟七人，他最小，也是最出名的一个，并和父亲王羲之在书法史上有“二王”之称。在房玄龄等所撰《晋书·列传》中，说他们兄弟七个“知名者五人”，除早卒的玄之而外，凝之、徽之、操之、献之，其事都有所记述。不过，据说《晋书》中人物纪事大致有四百余条都取自《世说新语》，也就是说，该书几乎三分之一的内容也都被《晋书》吸收了。历史就这样被传承着，不知势利的人性，亦可堪一比？

原文：

【简傲 24·15】王子敬兄弟见郗公，蹑履问讯，甚修外生礼。及嘉宾死，皆箸高屐，仪容轻慢。命坐，皆云“有事，不暇坐。”既去，郗公慨然曰：“使嘉宾不死，鼠辈敢尔！”

【贤媛 19 · 25】王右军郗夫人谓二弟司空、中郎曰:“王家见二谢，倾筐倒度；见汝辈来，平平尔。汝可无烦复往。”

【排调 25 · 50】范启与郗嘉宾书曰:“子敬举体无饶纵，掇皮无余润。”郗答曰:“举体无余润，何如举体非真者？”范性矜假多烦，故嘲之。

瓦缸摔碎之后

魏晋时期，人们对于一个人的“雅量”是很看重的，因而《世说新语》中就专门有了“雅量”这样一个品目，收在其中的故事共有四十二则。所谓“雅量”，顾名思义就是指人高尚的量度，引申一下就是人所能容纳或禁受的限度，即看他胸怀有多宽，气度有多大。之所以人们很看重，原因是在当时的条件下，一般的人，有无雅量就会决定其社会声誉、官阶升降；权力阶层，就能决定其政治力量的消长和权力的巩固与否。

但有些故事，读起来则是触目惊心的。如第一则故事，是说豫章太守顾绍在任上去世了，这时他父亲顾雍正在兴致勃勃地和僚属们下棋，仆人说信使到了，可其中却没有儿子的书信。顾绍心里明白怎么回事，但神态不变，他以手指甲掐着手掌，鲜血流出沾染了坐垫。待宾客散后，才叹息道：“我虽无延陵季子那样旷达知命的修养，也不会招致像子夏丧明毁形的指责！”于是散哀豁怀，面容安然自若。季子，即春秋时吴国季札，他的长子死了，他认为是命中注定的，因而很旷达安命；子夏，则是孔子的学生，他的儿子死了，他悲伤得哭瞎了眼睛，曾子看他时就指责他“身体受之父母，毁伤则是不孝”。因而，顾雍引用这两则典故来解说自己此时的心情。

上面的故事很有悲剧色彩，在《世说新语》“雅量门”中的另一则故事则与它类似，但却说的是谢安在捷报传来仍能做到神情不变、泰然自若，很有雅量的姿态。说的是淝水之战时期，总指挥谢安和人下棋，一会儿在前线作战的侄子谢玄的信使到了，谢安看完信没有说话，眼光慢慢指向了棋局。客人问战事如何，谢安回答说：“小孩子们大败贼兵。”其神色举止和平常没有区别。不过，对于这则故事，人们多以为谢安是在矫情，就连《晋书》中也说他此时心里高兴得不成样子，过门槛时屐齿也都折断了，“其矫情镇物如此”。可见，在魏晋时人们对“雅量”看得是多么重，即使是装，也要装出个样子来。

这让我想起有一年高考的全国卷语文作文题来，它给出了一份材料，然后让看题作文。材料是：有人扛着瓦缸沿街叫卖，不小心没有抓紧，瓦缸往后掉落，只听得“叭”的一声，摔成了碎片。但卖缸人头也不回往前走，路人跑过来问他：“为何摔破了缸，却看都不看一眼？”卖缸人说：“再看多少眼也不会变成完整的缸，不看也罢。”与其说卖缸的人有“雅量”，不如说他早已看到了事情发展的结果。

事情的结果明朗之后，人在对问题的认识上会有种种表现，亦会产生种种举止态度。魏晋时期的仕宦阶层，他们颇好老庄，推崇的是喜怒不形于色，再加上人物品藻清议之风盛行，具体表现大多时候会和人物的宦海沉浮相联系，不管是真的有雅量，还是装出来的有雅量，都是仕宦阶层所喜好的。在《世说新语》“雅量门”中，西晋的故事有九则，东晋的故事则在三十则左右，其中人物处变不惊、泰然自若的风度，也对后世产生过重要的影响。但理归理，情归情，人性是会自然流露的，像顾雍指甲掐手鲜血沾染了坐垫，谢安因为高兴竟跑断了屐齿，在我们看来都应该是可以理解的。在人性面前，伪装起来的雅量与风度，就应该退居其次了。

原文：

【雅量6·1】豫章太守顾邵，是雍之子。邵在郡卒。雍盛集僚属，自围棋，外启信至，而无儿书，虽神气不变，而心了其故。以爪掐掌，血流沾褥。宾客既散，方叹曰："已无延陵之高，岂可有丧明之责？"于是豁情散哀，颜色自若。

【雅量6·35】谢公与人围棋，俄而谢玄淮上信至。看书竟，默然无言，徐向局。客问淮上利害？答曰："小儿辈大破贼。"意色举止，不异于常。

咄咄怪事

晋穆帝永和九年（353），也就是书圣王羲之在春天召集谢安、孙绰等人兰亭集会并写下著名的《兰亭集序》的这一年，中军将军殷浩北伐失利，冬天里在河南许昌、洛阳一带七万大军全败，噩耗随即传至国都建康。殷浩的失败，遭到征西大将军桓温的强烈指责，随即上疏请求朝廷流放殷浩到荒芜之地。次年正月，迫不得已之下，朝廷只好把殷浩削为平民，流放到东阳郡的信安县，大致也就是今天浙江衢县一带。从此，殷浩的人生轨迹发生了根本性的变化。

殷浩北伐出征是在永和八年（352），据说出发前他从马上掉落了下来，就有些不祥之兆，但这样一次建功立业的机会，他已是争取了好几年。其时，和他同样争取机会要领兵北伐的是桓温，不过此时桓温因为平定了在四川立国的成汉政权而拥兵自大，已让朝廷不放心起来。于是，当时辅政的司马昱等人不只平时刻意地培养殷浩与桓温作对，这样的机会自然也还是为殷浩留着。晋穆帝一岁即位，永和八年也就十来岁的样子，朝政当然是司马昱等人说了算。在此时期，殷浩和桓温两股势力矛盾激化，王羲之、荀羡等人还都写信调和过，劝他们以江山社稷为重，但殷浩是置之不理的。殷浩的北伐失败，使政局亦发生了戏剧性的变化，因而在桓温的压力下，朝廷对殷浩的处置则是必然的，而后还有了桓温的三次北伐，并一度独裁朝政。

殷浩虽然不做官了，但却无意中在文学上有了一个特殊的贡献，亦即创造了“咄咄怪事”这个成语。在《世说新语》“黜免门”中有一则故事说，殷浩在信安，整天总是对空书写文字，因他曾经做过扬州刺史，这时扬州的故旧来看他，暗暗观察才发现他原来只是写“咄咄怪事”四个字。此后，“咄咄怪事”被用为成语，就指令人惊异的怪事。

这四个字，“怪事”好解，“咄咄”二字理解起来就比较费力了。“咄”，东汉许慎《说文解字》解“咄”为“相谓”，就是打招呼的意思。“咄咄”，是感叹声、惊怪声，在魏晋时期应是一个常用的语词。在《世说新语》“排调门”中，殷浩还有一句话使用了“咄咄逼人”这个词语，亦能佐证它较为常用。比刘义庆编此书时尚早的王羲之的老师卫铄，其在《与释某书》中说：“卫有一弟子王逸少，甚能学卫真书，咄咄逼人。”再早一点的西晋文学家陆机有一首《东宫》诗里写道：“冉冉逝将老，咄咄奈老何！”这两处也都使用过“咄咄”，大致都是表示感叹的声调。至于此后，这个词语的使用，就实在是发扬光大了。

殷浩遭贬流放，其志不伸，指空写字，似乎在埋怨朝廷对他的处置是“咄咄怪事”，完全是一副神经质的样子，不过寻求解脱罢了。《世说新语》“文学门”中又说，殷浩自徙居信安以后才开始看佛经，还在佛经中用了二百个书签作标记，准备和支道林辩论，并试图把玄学理论与佛经结合起来，以佛经要义以寻求对于人生烦恼的解脱。然而，这些举动都没有使他从悲伤中解脱出来。两年多之后，这位“我与我周旋久，宁作我”式的人物终于死去了，才活到五十三岁，看起来亦应是“咄咄怪事”呢。

原文：

【黜免28·3】殷中军被废，在信安，终日恒书空作字。扬州吏民寻义逐之，窃视，唯作“咄咄怪事”四字而已。

【排调25·61】桓南郡与殷荆州语次，因共作了语。顾恺之曰：“火烧平原无遗燎。”桓曰：“白布缠棺竖旒旐。”殷曰：“投鱼深渊放飞鸟。”次复作危语。桓曰：“矛头淅米剑头炊。”殷曰：“百岁老翁攀枯枝。”顾曰：“井上辘轳卧婴儿。”殷有一参军在座，云：“盲人骑瞎马，夜半临深池。”殷曰：“咄咄逼人！”仲堪眇目故也。

【文学4·43】殷中军读小品，下二百签，皆是精微，世之幽滞。尝欲与支道林辩之，竟不得。今小品犹存。

丹田守不住

《世说新语》共三十六门，就其编目来说，它把儒家“孔门四科”的德行、言语、政事、文学列于卷首，可以说，这对全书的人物审视活动就有了一个基本定位。德行是指人的道德品行，以德为先，德行的好坏一直也是品评人才优劣的最主要标准，所以“德行门”也就放在了第一。“德行门”中的故事，也多以仁信礼智、忠孝节义的规范行为表现了出来。

不过，个别故事也有能让人读之喷饭的地方。如有一则故事说，范宣八岁时，有一次在后园挖菜，不小心碰伤手指，就大哭起来。人问他是不是很疼？他说，不是疼，身体发肤，受之父母，毁伤了就是不孝，所以才哭。范宣廉洁俭朴，豫章太守韩伯送给他一百匹绢，他不接受；减至五十匹，仍不接受，就这样依次减半，减到一匹了，最后还是不接受。

读到这里，就觉得好玩。八岁的小孩子，《孝经》就学得那么好，行孝道的观念竟是那样的根深蒂固，似乎稍微有些夸张；再说收礼这件事，两个人讨价还价，拉拉扯扯也得好几十次吧，很是滑稽。那就说说范宣这个人，书中刘孝标的注解里有大致的介绍，再结合《晋书》所记，知道他是河南陈留人，小时候就性格内向，见人也会躲起来，但学习很刻苦，博通典籍，尤其对《三礼》之学很为用功。在晋成帝咸和年间，曾做过太尉郗鉴的主簿，后来朝廷征召他为太学博士、散骑侍郎，但他都不去。他的兴趣在教书育人，讲授儒学，好些名士都慕名来求教。后来，他有机会办了乡校，弟子多时就有数百人。他对儒学的传播以及后来的礼仪，尤其是丧仪的礼制，有很深远的影响。他就是这样一位夫子式的人物，很是安贫乐道，洁守自爱。据说，太守殷羡见他所住茅屋破败，就想给他修一修，被他拒绝了；荒年疾病流行，送给他东西，也被他拒绝了，实在是太爱惜自己的羽毛。这样再去理解“德行门”中他的故事，就比较容易了。

按说《世说新语》中的这则故事写到这里，一个廉洁自爱的人物形象就很是丰满了，虽然有些夸张和滑稽的成分。但故事却没有完，接着写道：“韩后与范同载，就车中裂二丈与范云：‘人宁可使妇无裈邪？’范笑而受之。”翻译过来就是，经过上一次拉拉扯扯、讨价还价之后，又有一回二人同乘一辆车，在车里韩伯就撕了两丈绢给范宣，说：“一个人难道能够让妻子没裤子穿吗？”范宣才笑着接受了。

这实在是一个非常别致的结局，足以让人能产生种种的想象和理解，但客观的表现是，这样一个硬气的老夫子却终于是丹田守不住，还是缴械投降了。刘辰翁后来读它，评论说：“情真语快。”李贽说：“韩，趣人也。”我读它，不禁莞尔，但心里却是苦楚的。

原文：

【德行 1 · 38】范宣年八岁，后园挑菜，误伤指，大啼。人问："痛邪？"答曰："非为痛，身体发肤，不敢毁伤，是以啼耳！"宣洁行廉约，韩豫章遗绢百匹，不受。减五十匹，复不受。如是减半，遂至一匹，既终不受。韩后与范同载，就车中裂二丈与范，云："人宁可使妇无裈邪？"范笑而受之。

人己之心相度

鲁迅在《中国小说史略》中说《世说新语》:“记言则玄远冷峻，记行则高简瑰奇，下至缪惑，亦资一笑。”其中“奇”与“惑”的表现，有时都是让人感到颇为费解的，亦不能以寻常的思维与规律去审度，真是“亦资一笑”或可冰解了。“德行门”中有关仁爱、反省方面的故事，读来就觉得有这样的特征，然而在“亦资一笑”的轻松中，亦能让人有锥心般的思想感悟和启发。

说两个比较相近的故事。一则说庾亮的骑乘中有一匹的卢马，有人建议他把这匹凶马卖出去。庾亮却说:“卖它肯定有人会买，那它又会伤害主人。难道能够把危害自己安全的东西转移给别人吗?从前孙叔敖杀死了长着两个头的蛇，并把它埋了起来，是为了不让后面走来的人看见，因为传说谁看见了两头蛇谁就会死。我效仿他，不也是通达事理吗？”

另一则故事则说，阮裕在剡县时有一辆好车，谁借都会给。有一个人安葬母亲，心里想借，却又不敢说出来。阮裕后来听说了，叹息道:“我有车，却使人不敢来借，还要车做什么？”于是就把车烧了。阮裕其人，是“竹林七贤”之一阮籍的族弟，亦很有名士之风，当时人说他“骨气不及逸少，简秀不如真长，韶润不如仲祖，思致不如殷浩，而兼有诸人之美”。他官也做得好，散骑常侍、国子祭酒都曾做过，整天在皇帝身边当差，但他却是兴趣不大，每有遁隐之志，连王羲之也赞佩不已。在剡县的日子，他就是归隐不仕躲起来的。还有人考证说，他有收藏车子的爱好，烧掉的那一辆是东汉时期传下来的，材质很好，很多名人都曾坐过，包括貂蝉的继父王司徒在内，而阮裕也把它装修得亦是极其华丽。

这两则故事，出发点都是在首先考虑别人，从别人的利害处来修正自己的作为，丝毫没有因为利己的思想而左右自己的行为，人己之心相度，因而就真正体现了儒家仁爱的道德精神。第一则故事中虽然有一定的迷信成分，但孙叔敖却并没有因为自己遭遇了横祸就不管不顾，而任由它祸害后来的人，并感召了后人庾亮向他学习不转嫁灾难于人，故而编者其实是在以这则故事蕴含的哲理来完成中华民族美好品质的深情传递。第二则故事，除了表现出阮裕的仁爱精神之外，还有一种反省的意识存在其中，虽然这则故事的结局似乎是有些因噎废食的思想倾向，但更强调了主人公的人格美。宗白华在《论〈世说新语〉与晋人的美》中具体地谈到了这则故事，他解读说：“这是何等严肃的责己精神！然而不是由于畏人言、畏于礼法的责备，而是由于对自己人格美的重视和伟大同情心的流露。”通过严格的责己精神，使自己的人格美实现了崇高的升华。

时过境迁，我们会发现，尽管不同时代人们对于道德及美的判断标准或大或小地会存在一些调整和变化，但人类所有美好的东西都会以顽强的生命力进行着深情的传递，即使形式上也许会有“奇”与“惑”的表现，而它的主旨精神却是永恒的。阅读这两则故事，不难看出，在今天的道德价值体系中，庾亮和阮裕的人格美仍然有着火炬般的光亮，继续照亮着人们前行。

原文:

【德行1·31】庾公乘马有的卢，或语令卖去。庾云:“卖之必有买者，即当害其主。宁可不安己而移于他人哉？昔孙叔敖杀两头蛇以为后人，古之美谈，效之，不亦达乎！”

【德行1·32】阮光禄在剡，曾有好车，借者无不皆给。有人葬母，意欲借而不敢言。阮后闻之，叹曰:“吾有车而使人不敢借，何以车为？”遂焚之。

雅人深致

“雅人深致”这个成语的始作俑者是谢安，故事出在《世说新语》“文学门”中。说谢安趁子侄们聚集的机会，就问《毛诗》中哪句最好？侄子谢遏答道：“昔我往矣，杨柳依依；今我来思，雨雪霏霏。”谢安则说：“‘讦谟定命，远猷辰告。’我觉得此句最有风雅之人深远的意趣。”

因为《诗经》相传为秦汉间人毛亨、毛苌所传，所以那时的人们称它为《毛诗》，则是惯见的称谓。谢遏所引诗句出自《诗经·小雅·采薇》篇，是一首戍边战士的歌谣，意思是说当初出征的时候还是杨柳依依，而今回来却是大雪纷飞。谢安所引诗句则出自《诗经·大雅·抑》篇，大意是用大的谋划来确定政令，以远大计谋来确定诏诰。看来，同样是一部《诗经》，因为读者对象的不同，他的审美意趣所归也是有分别的，正如西人所谓“一千个读者心中，就有一千个哈姆雷特”。谢遏的审美视觉，是偏重于诗句的艺术性的，对于它的意境美的表现有着情趣上的认可，而谢安作为一个政治家，他则是从政治角度出发对诗句进行评定，功利性的审美判断就明显一些，所以观点就有所不同。

宗白华在《论〈世说新语〉和晋人的美》一文开篇即说：“汉末

魏晋六朝是中国政治上最混乱、社会上最苦痛的时代，然而却是精神史上极自由、极解放，最富于智慧、最浓于热情的一个时代，因此也就是最富有艺术精神的一个时代。”在这个时代，人的自我意识的觉醒，人的审美意识的觉醒，精神上的大解放，人格上、思想上的大自由，都得到了空前的发展，他们会心于自然，深情于艺术，种种自我而又不乏美感的表现，实在是开创了人类历史上的“《世说新语》时代”。在这样的时代背景下，我们再去品读这则故事，就会有更深层次的体会，正如巴尔扎克在《幻灭》中说的那样，“真正懂诗的人会把作者诗句中只透露一星半点的东西拿到自己心中去发展”。谢安与谢遏的文学审美活动，其实正是延续了《诗经》的文学创作过程，作为文艺鉴赏行为，亦是言出心声、各述其志了。

不过，在《晋书·列女传·王凝之妻谢氏传》中，关于“雅人深致”这个成语，还有一则极为相似的故事。说谢安的侄女、王凝之的妻子谢道韫聪慧能辩，有回谢安问她《毛诗》中哪句最好？她回答说：“‘吉甫作颂，穆如清风。仲山甫永怀，以慰其心。’”谢安大为赞赏，称她有雅人深致。谢道韫所引诗句出自《诗经·大雅·烝民》篇，是篇末的几句。《烝民》全诗赞美了周王的贤臣仲山甫德才兼备、忠于职守，周王命令他前去督修齐城，而诗歌的最后便以热烈的送别场面作结：贤臣尹吉甫作歌相赠，乐声和美如同清风；仲山甫临行长思，歌声宽慰着他的建功之心。

这两则故事都是在谢安的主导下完成的，谢遏与谢道韫作为谢安的侄辈，他们在对《诗经》篇目的理解中，前者倒似乎有些风花雪月，而后者一介女流却有着男子气概和博大胸怀，且与谢安的志趣相类，因而赢得了谢安的赞赏，这实在也是特殊人物特殊性格的表现，不同于普通的读者了。就“雅人深致”的本意来说，是指高雅的人意兴深远，到后来也形容人的言谈举止高尚文雅、不同流俗，再返回去看，也应该是合适的。

原文：

【文学4·52】谢公因子弟集聚，问：“毛诗何句最佳？”遏称曰：“昔我往矣，杨柳依依；今我来思，雨雪霏霏。”公曰：“讦谟定命，远猷辰告。”谓此句偏有雅人深致。

清谈误国何所自

西晋末期，八王之乱，诸侯蜂起，天下就真的是乱得不成样子了。当时，东海王司马越是朝廷中的权臣，所谓王与马共天下，就说的是司马越与王衍二人。在晋怀帝永嘉四年（301），他带兵讨伐苟晞，王衍以太尉的身份做他的军师。次年三月，司马越死了，大家于是推举王衍为元帅，而王衍此时没有担当，拒辞不任，就护送司马越的棺椁还葬东海国了。是年次月，晋军又被后赵石勒击败，王衍自然也就成为俘虏了。

王衍这个人是西晋时期有名的清谈家，喜好老庄学说，而且位及三公，但在被俘期间，他的本来面目就表现得淋漓尽致了。他先是应石勒之邀陈说西晋旧事，分析败亡原因，并推卸责任，说罪不在己，乞免一死，而后又劝说石勒称帝云云，总之是应了他创造的那个成语——“信口雌黄”。连石勒也觉得他面目可憎，就问党羽孙苌说：“吾行天下多矣，未尝见如此人，当可活不？”于是半夜里派士兵推倒墙，把他压死了。可见，政治上的不可靠，是成为石勒杀死他的根本原因。据《晋阳秋》所载，王衍在死之前，曾经对人总结失败的教训时说：“吾等若不祖尚虚浮，不至于此。”翻译过来就是，我们这些人如果不效法崇尚虚而不实的风气，也不会到今天这样的地步。

王衍所谓的“祖尚虚浮”，是对他的玄理清谈而说的，即承认自己因为清谈而身死国灭了。这即为“清谈误国”一词的滥觞，后来清代顾炎武又把这个词上升到了一个政治的高度。其实，在当时，王衍的自白就已成为一部分清谈亡国论者的口实。《世说新语》“轻诋门”中的一则故事说，桓温北伐进兵洛阳，经过淮河、泗水，和众僚属登上大船的船楼眺望中原，感慨地说道：“终于使中原沦陷，长久变成荒丘废墟，王衍等人不能不承担这个责任！”

王羲之似乎亦有这样的观点。在《世说新语》“言语门”中，有一则故事说他和谢安一起登上冶城，谢安悠然遐想，大有超脱世俗之志。王羲之对谢安说：“夏禹勤勉国事，到处奔忙，手足都长满了老茧；周文王早晚勤政，无暇吃饭，总是时间不够用。现在国家处在危难之中，每个人都应为国效力。而不切实际的清谈会废弛政务，华而不实的文章会妨害大事，恐怕这在当前是不适宜的。”

但这两个故事中，都有一个相互对立的回答。在“轻诋门”中，待桓温说完，站在一旁的大司马记室参军袁虎不假思索地回答说：“国运本来就有废立兴衰，哪里一定是这些人的过错？”桓温满脸不高兴，借用荆州牧刘景升宰杀一头牛的故事来比况袁虎，意在要杀了他，在座的人都感到惊骇，袁虎也吓得变了脸色。而“言语门”中谢安对王羲之的回答就艺术性强一些，他说：“秦国任用商鞅，仅仅两代国家就灭亡了，难道是清谈导致的祸患吗？”

玄理清谈，在魏晋是一种风尚，是魏晋风度的一个重要的内容，亦为魏晋南北朝时期一个鲜明的社会特征。它承继了战国时期的“百家争鸣”，东汉时期的“夺席谈经”，尤其是深受东汉末期察举、征辟人才制度巷闾清议的影响，然后才成熟起来。不过，清议重在人物道德的品评，而清谈则有了学术交流和思想争鸣的性质。

清谈的内容则老庄、儒学、佛学、文学、艺术等无所不包，像今天的文艺沙龙一样，名士在乐此不疲的辩论中实践着一种哲学化的人生，几乎成为时尚风行，成为一种士人的生活方式。

显然，就清谈本身来说，有它的积极意义，在中国思想史和哲学史上有着重要的地位和理论贡献，影响了一代代的中国人。虽然当时反对清谈误国论的人，如袁虎和谢安，在认识层面还没有上升到这样的高度，但后来的实践还是证明，它的积极意义是不容抹杀的。清谈误国，以至于后来由它衍生而出的“空谈误国”，就其本质来说，还是在批判一种坐而论道、不务实事、不以国计为重的浮夸作风，正如王羲之所担心的那样——“虚谈废务，浮文妨要”，其中包含了一个度的把握和界的分野问题，从而提倡一种真干、实干加苦干的精神，即所谓的“空谈误国，实干兴邦”了。

原文：

【轻诋 26·11】桓公入洛，过淮、泗，践北境，与诸僚属登平乘楼，眺瞩中原，慨然曰：“遂使神州陆沈，百年丘墟，王夷甫诸人不得不任其责！”袁虎率而对曰：“运自有废兴，岂必诸人之过？”桓公懔然作色，顾谓四坐曰：“诸君颇闻刘景升不？有大牛重千斤，啖刍豆十倍于常牛，负重致远，曾不若一羸牸。魏武入荆州，烹以飨士卒，于时莫不称快。”意以况袁。四坐既骇，袁亦失色。

【言语 2·70】王右军与谢太傅共登冶城。谢悠然远想，有高世之志。王谓谢曰：“夏禹勤王，手足胼胝；文王旰食，日不暇给。今四郊多垒，宜人人自效。而虚谈废务，浮文妨要，恐非当今所宜。”谢答曰：“秦任商鞅，二世而亡，岂清言致患邪？”

我自为之，干卿底事

读《世说新语》，如果把一个人物分散在不同门类中的故事集中起来阅读，这个人物的形象就鲜活多了，而且篇数越多，人物立体化的形象越明显。在《世说新语》中，与王澄相关的故事总共有十八篇之多，有些故事就一句话，有些故事就长一些，但阅读过后头脑中的影像俨然和放电影一样，思追千古，品起来就很有味道了。

最有意思也最有名的一篇是在“简傲门”中。这则故事说，王澄要出任荆州刺史了，他哥哥、太尉王衍以及当世名流去送行，人多得挤满了道路。庭院里有棵大树，树上有喜鹊窝，这时王澄却脱掉衣服，丢去头巾，径直爬上树去掏取小喜鹊，因贴身的内衣挂碍树枝，就又脱掉了。他掏到小喜鹊后爬下树来玩弄，神色自若，旁若无人。

魏晋时人，我们翻书看时往往觉得奇葩太多，像王澄这样一种做派，自然也应该是很奇葩的表现了。王澄何以在这样一种庄严的场合敢有如此荒诞的表现，大致有这样一些缘由：一是他出身名门望族。山东琅邪王氏，在以门阀制度家天下的魏晋时期，其权势倾于一时，子弟们因门第优越就凌人傲物，也不会把谁当回事。二是他根性如此，习惯了。“德行门”中的一则故事就说他与胡毋彦国等人，都以放纵任性为达，有的人甚至就可以赤身裸体；乐广也讥笑说：“礼教中本自有使人快乐的地方，何必要这样呢？”三是王衍对他很是欣赏。这位兄长平时就很高看这位兄弟的才华，品评人物、举荐做官，只要王澄认可的人，王衍就高度认可，不会产生任何不同的意见。而且王澄在出任荆州刺史这件事上，是王衍出于一己之私以及家族权重的一个政治布局，自然也不会怪罪王澄的荒诞行径了。四是这种以慢世、任诞为清高的所谓魏晋风度，在当时仕宦阶层大为认可，甚至以标新立异为荣，简傲不敬的行为实在是司空见惯的。王澄具备了以上所有的条件。

不过，在当时也有看不惯王澄这种做派的，这就是《世说新语》的又一个鲜明的特点，它能够容纳各种不同的声音，较为客观地记录时人的言行。“轻诋门”中的第一个故事中，王衍就问他的儿子王玄说：“你叔王澄是个名士，你为什么不推重他？”王玄回答说：“哪里有名士整天胡言乱语的？”而在“谗险门”中的第一个故事也是说王澄的，就一句话，“王平子行甚散朗，内实劲侠”，则是说他表里不一的。刘孝标作注，引录邓粲《晋纪》记载说：“刘琨尝谓澄曰：‘卿形虽散朗，而内劲侠，以此处世，难得其死。’澄默然无以答。后果为王敦所害。刘琨闻之，曰：‘自取死耳。’”

清代官员、著名文史学家李慈铭在读这则故事时，写下了一段比较长的评论，他说：“案王澄一生，绝无可取。狂且恃贵，轻侻丧身。既无当世之才，亦绝片言之善。虚叨疆寄，致乱逃归。徒以王衍、王戎，纷纭标榜。一自私其同气，一自附于宗英。大言不惭，厚相封殖。观于此举，脱衣上树，裸体探雏，直是无赖妄人，风狂乞相。以为简傲，何啻寱言？晋代风流，概可知矣。舍方伯之威仪，作驱乌之儿戏，而委以重任，镇扼上流。夷甫之流，谋国如是。晋之不竞，亦可识矣。”意思是说晋代任用王衍这样的人来打理朝政，衰败则是必然的。

王敦是王澄的族兄，官至大将军，权重倾朝，本来和王澄关系非常要好，后来简直容不下他。王澄在荆州刺史任上，搞得乌烟瘴气，上下离心，流民叛乱，官也做不下去了。永嘉之乱后，晋室南渡，王澄应琅邪王司马睿之邀去做官，路过江西时被王敦杀掉了，这即为上文邓粲《晋纪》所录王澄“后果为王敦所害”的本事，时在公元 312 年，他年仅四十四岁。

原文：

【简傲 24 · 6】王平子出为荆州，王太尉及时贤送者倾路。时庭中有大树，上有鹊巢。平子脱衣巾，径上树取鹊子。凉衣拘阂树枝，便复脱去。得鹊子还下，弄，神色自若，旁若无人。

【轻诋 26 · 1】王太尉问眉子：“汝叔名士，何以不相推重？”眉子曰：“何有名士终日妄语？”

【谗险 32 · 1】王平子形甚散朗，内实劲侠。

绝知此事要躬行

南宋诗人陆游晚年曾经写过一首很著名的诗《冬夜读书示子聿》，是写给他的小儿子子聿的。那一年子聿二十一岁，诗人已经是七十四岁了，诗云："古人学问无遗力，少壮工夫老始成。纸上得来终觉浅，绝知此事要躬行。"寄托了陆游深深的舐犊之情。这是一首哲理诗，尤其是后两句，如果上升到哲学的高度，它与后来王阳明所谓"知行合一"的观点竟有异曲同工之妙，也常常被马克思主义认识论作为经典的章句而常相引用。

书本上得来的知识终究是不完善的，要真正明白其中的道理，还是要到实践中去寻找。这是一位智慧的老人对儿子殷切的忠告。当然，他前面还提示说，古人做学问是不遗余力的，是慢慢地积累的，到了老年才会取得一些成就，这是在说一个成长的道理，和后面的"方法论"则是相辅相成的。这样相似的父子相传，而且是相传着同样一个道理的现象，在读《世说新语》的时候也有幸遇到了一个，并且比陆游父子的故事要早将近一千年。

在《世说新语》"赏誉门"中，故事是这样说的，说西晋太傅东海王司马越镇守许昌的时候，用王安期做记室参军，很是赏识他，其曾经告诫世子司马毗说："夫学之所益者浅，体之所安者深。闲习礼度，不如式瞻仪形；讽味遗言，不如亲乘音旨。王参军人伦之表，汝其师之。”司马越的话翻译过来就是，“书本学习的收益微浅，身体力行的成果深刻。熟习礼仪法度，不如亲眼瞻仰仪礼形式。诵读玩味先祖遗言，不如亲耳聆听贤士的言辞旨趣。王参军是人们的表率，你一定要向他学习”。和陆游的诗句两相比较起来，实在有十分相似的情致，他们都在强调实践的重要性，强调直接经验的获取必须通过实践来完成，书本知识只是传递着间接经验。同时，两者都同样倾注着父辈对于子辈的谆谆教诲之情。

司马越镇守许昌的时候，那时他已终结了西晋末年诸侯纷争的“八王之乱”并把持了朝政，对于世子司马毗的教诲似乎还有着更为深层次的意义，也是不遗余力的。《世说新语》中记录的司马越的话，在刘孝标注里则可以看出大致是出自司马越写与“人伦之表”们的一封信中。刘孝标注引《赵吴郡行状》云：“后太傅越与穆及王承、阮瞻、邓攸书曰：‘《礼》，八岁出就外傅，十年曰幼学，明可以渐先王之教也。然学之所受者浅，体之所安者深。是以闲习礼度，不如式瞻轨仪；讽味遗言，不如亲承音旨。小儿毗既无令淑之资，未闻道德之风，欲屈诸君时以闲豫，周旋燕诲也。’”王承即王安期，与邓攸、赵穆等人，在司马越看来都为一时人杰，他把儿子交给他们了，并请他们不要嫌麻烦，多多给儿子以教诲。司马越的举动，不可谓不呕心沥血。

真是可怜天下父母心！不论何时，再读这些故事，就实在是能让人心生感动的。不过，除却亲情而外，他们这两位不管是陆游所谓的“纸上得来终觉浅，绝知此事要躬行”，还是司马越所谓的“夫学之所益者浅，体之所安者深。闲习礼度，不如式瞻仪形；讽味遗言，不如亲乘音旨”，则都是扎扎实实的道理。今天，我们后来的人能读有所悟，行有所践，就也是很有收获的事情了。

原文：

【赏誉8·34】太傅东海王镇许昌，以王安期为记室参军，雅相知重。敕世子毗曰："夫学之所益者浅，体之所安者深。闲习礼度，不如式瞻仪形。讽味遗言，不如亲承音旨。王参军人伦之表，汝其师之！"或曰："王、赵、邓三参军人伦之表，汝其师之！"谓安期、邓伯道、赵穆也。袁宏作《名士传》，直云王参军。或云赵家先犹有此本。

读书人的本分

《世说新语》“德行门”中记录了一则殷仲堪的故事，今天读来仍然会让人感慨系之。故事说殷仲堪刚刚做了荆州刺史的时候，正赶上水涝灾害，庄稼歉收，他吃饭常常用的只是五碗盘，此外别无菜肴，当饭粒掉在盘间席上，就马上捡起来吃掉。这样做，虽然他是有意为他人做表率，但也是自然朴素的本性使然。他经常对晚辈们说：“你们不要以为我受命担任了一州之长，就认为会丢弃平素的志向，现在我坚守此志，是不会改变的。清贫是读书人的本分，怎么能登上高枝就舍弃根本呢？你们要记住这一点。”

殷仲堪是东晋末年的重要将领，若要以历史坐标来定位，在辈分上大致和王羲之的子侄辈们在一起玩。《世说新语》中关于他的故事有二十二条之多，有些故事也很著名。就说他任职荆州刺史这件事，在“识鉴门”中就有记录，这次应算是破格提拔了。其时刺史王忱死了，朝中好多权贵都盯着这个职位，殷仲堪这时是黄门侍郎，整天在晋孝武帝司马曜身边行走，而皇帝呢，也想用自己的心腹之人，于是就决定让殷仲堪出缺。在外人眼里，殷仲堪虽居机要部门，但资历浅、名声小，朝廷怎么也不会让他任职这么重要的职位。王珣也有这样的意向，就多次从他那里打探人选消息，殷仲堪却总是虚与委蛇，不交底与他。等诏书出来，王珣生气地对他身边的人说：“哪里有以黄门郎身份而接受如此重任的！仲堪这样被举用，是国家灭亡的征兆！”不过，殷仲堪这人还是有些清名的，房玄龄在《晋书》中说他“能清言，善属文”，也说他“素无戎略”“多疑少决”，是典型的读书人性格。他的结局也不好，后来在朝臣内乱中举兵，被好朋友桓玄袭击，逼他自杀了。他的儿子殷简之把他的尸体运到京城，埋葬在丹徒，然后就居住在墓侧守孝。后来刘裕举起义旗讨伐桓玄，殷简之遂带领家丁、门客投入了义军，追杀桓玄，杀了他。

在文首引用的故事中，关键还在于殷仲堪最后说的那句话：“贫者士之常，焉得登枝而捐其本！”不能因为环境或职位的改变，就把读书人的做人原则弄丢了，还是要守住底线。他对自己的定位是准确的，就是“士”。何谓“士”？在《论语·子路》篇中，子贡曾经向孔子提出过类似的问题，孔子回答说：“行己有耻，使于四方不辱君命，可谓士矣。”既有道德品质方面的要求，又有处事能力方面的标准，才能成就一个“士”。不过，这个词语历来衍变较多。在魏晋南北朝时期，凡九品以上官吏及得到中正品第者，皆为士，否则为庶。一般来说，士，就是统治阶级中知识分子的统称，是脱离了生产劳动的读书人。作为知识分子，作为官员，殷仲堪还是有着自我清醒的意识和人格操守的。

随着职务和环境的改变，在历朝历代，官员们能够坚守平素的志向，守住读书人固有的甘于清贫的本分，不利令智昏、仰慕浮华，就实在是一件了不起的事情了。

原文：

【德行 1 · 40】殷仲堪既为荆州，值水俭，食常五碗盘，外无余肴。饭粒脱落盘席闲，辄拾以啖之。虽欲率物，亦缘其性真素。每语子弟云："勿以我受任方州，云我豁平昔时意。今吾处之不易。贫者士之常，焉得登枝而捐其本！尔曹其存之。"

【识鉴 7 · 28】王忱死，西镇未定，朝贵人人有望。时殷仲堪在门下，虽居机要，资名轻小，人情未以方岳相许。晋孝武欲拔亲近腹心，遂以殷为荆州。事定，诏未出。王珣问殷曰："陕西何故未有处分？"殷曰："已有人。"王历问公卿，咸云："非。"王自计才地，必应在己，复问："非我邪？"殷曰："亦似非。"其夜，诏出用殷。王语所亲曰："岂有黄门郎而受如此任？仲堪此举，乃是国之亡征。"

有钱任性

国人向来就有斗富逞强的嗜好，常会有种种夸张的表演，但我们看《世说新语》中西晋名臣石崇的表现，觉得和他相比，就都太小儿科了。《世说新语》“汰侈门”是记录西晋时期君臣骄奢放纵的行为的，共十二则故事，石崇就占了七则，而且一条比一条看起来“精彩”。

石崇家里，厕所里摆着甲煎粉、沉香汁等化妆品，还有十几个婢女侍列为客人服务，服饰华丽，打扮漂亮，但凡如厕者，都会让其换上新衣服再出来，所以许多客人害羞就不敢上厕所。石崇和晋武帝的舅父王恺斗富，王恺饭后用糖水洗锅，他便用蜡烛当柴烧；王恺做了四十里的紫丝布步障，他便做五十里的锦步障；王恺用赤石脂涂墙壁，他便用花椒和泥上墙。当时，晋武帝送王恺一株二尺高的珊瑚树，王恺就拿到石崇面前显摆，石崇看了看，随手便拿起铁如意砸去，砸得粉碎。而后石崇让身边人抬出自己的收藏，珊瑚树三四尺高的就有六七株，二尺高的就太多了。石崇宴请客人，常常让美人劝酒，客人如果没有喝干，就让内侍轮流去杀掉美人。

石崇何以能有这样的做派？他出身名门望族，父亲石苞是西晋王朝的开国元勋，官至大司马，家里底子本来就好，自己也混得不错，做过荆州刺史，后历官太仆、征虏将军等。据史书记载，石崇在荆州刺史任上“劫远使商客，致富不赀”，大量囤积财富。在皇后贾南风专权时期，他又阿附于外戚贾谧，完全不把皇帝放在眼里。还有一个大的背景是，西晋开国皇帝司马炎贪财好利、骄奢淫逸，甚至卖官以自肥，于是上行下效，整个社会也形成了以“汰侈”相尚的风气。

不过，如果简单地以为石崇就是一位有钱任性、骄奢逞强的封建官员，那还是有些偏差的。石崇是西晋有名的文学家，尤善诗文。他是大富豪，在洛阳郊外建造了一座庞大的私家园林——金谷园，依附于鲁国公贾谧，经常召集当时文坛泰斗级的人物宴饮雅集，形成了一个著名的文学政治团体“金谷二十四友”。在这个团体的成员中，有“古今第一美男”的潘安，有“闻鸡起舞”“枕戈待旦”的刘琨，有“洛阳纸贵”“左思风力”的左思，有“潘江陆海”“东南之宝”的三国名将陆逊的孙子陆机、陆云二兄弟等，几乎云集了太康文学的主要人物。元康六年（296），石崇在金谷园举行盛宴，为征西大将军祭酒王诩送行，邀集苏绍、潘岳等三十位名士昼夜游宴，琴瑟笙筑，以为文酒之会，并写下了著名的《金谷诗序》。五十年后的永和九年（354），王羲之效仿金谷雅集举办兰亭集会，写下了千古名篇《兰亭集序》。当王羲之得知有人以《兰亭集序》比《金谷诗序》，又把自己和石崇相匹敌时，就流露出了非常欣喜的神色。《世说新语》“企羡门”中的文字记录了这件事，而这两篇序文在《世说新语》刘孝标注中都有所录。

所谓“会水者常常会死于水”。宋人司马光说：“石崇以奢靡夸人，卒以此死东市。”石崇的结局也确实说明了这个道理。太康元年（280），赵王司马伦发动政变，诛杀了贾后等人，贾谧亦被杀，石崇因是同党而被免官。司马伦的党羽孙秀想夺取石崇的爱妾绿珠，遭到石崇拒绝，于是就进言司马伦杀掉了石崇。石崇在东市的囚车中突然醒悟，对旁边的人说："这些奴才是图我的家财啊！"押送他的人回答道："知道是家财害了你，为何不早点把它散发掉？！"石崇无法回答。其时，石崇和他的母亲、兄长、妻妾、儿女无论老少共十五人都被杀害，时年五十二岁。

这位有钱任性的主儿就这样死去了。不过，据《晋书》记载，石崇身上有一痣，称"巨富痣"，大致在右肩胛骨最下端靠近脊椎的位置。据说，后来的人如果身上长有这样一颗痣，都会以富得名的，不知有没有这么神奇。

原文：

【汰侈30·2】石崇厕常有十余婢侍列，皆丽服藻饰，置甲煎粉、沉香汁之属，无不毕备。又与新衣著令出，客多羞不能如厕。王大将军往，脱故衣，著新衣，神色傲然。群婢相谓曰："此客必能作贼。"

【汰侈30·4】王君夫以饴精澳釜，石季伦用蜡烛作炊。君夫作紫丝布步障碧绫里四十里，石崇作锦步障五十里以敌之。石以椒为泥，王以赤石脂泥壁。

【汰侈30·8】石崇与王恺争豪，并穷绮丽，以饰舆服。武帝，恺之甥也，每助恺。尝以一珊瑚树高二尺许赐恺。枝柯扶疏，世罕其比。恺以示崇。崇视讫，以铁如意击之，应手而碎。恺既惋惜，又以为疾己之宝，声色甚厉。崇曰："不足恨，今还卿。"乃命左右悉取珊瑚树，有三尺、四尺，条干绝世，光彩溢目者六七枚，如恺许比甚众。恺惘然自失。

惺惺相惜

王珣和谢安相互仇视，但当王珣在会稽听说谢安死了，就立即赶到京城建康拜访王献之，说他想去哭祭谢安。王献之本来躺着，听了他的话立时惊起，说：“这正是我对你的希望啊！”王珣于是前往祭拜，却被督帅刁约阻止，不允进前，说：“大人平素在时，没有见过你这位客人。”王珣也不与他搭话，径直向前吊丧，非常悲痛。出来时，王珣和谢安的小儿子连手也没有握。这则故事出自《世说新语》“伤逝门”。

王家和谢家，在东晋时期都是重要的门阀大户，都盘踞在京城建康的乌衣巷一带，而乌衣巷是当时有名的富人区，这地方在三国吴时是驻军的营房。王、谢两家关系本来走得就很近，王珣娶了谢安弟弟谢万的女儿，弟弟王珉则娶了谢安的女儿，原本是亲上加亲，但后来却相互猜嫌，谢安就做主让两人都离了婚，于是两个家族就互相仇视。这就是有名的典故“王谢交恶”。当然，谢安还有一位侄女——大才女谢道韫，嫁给了王献之的哥哥王凝之，虽然对夫君也很不满意，并在谢安面前经常发牢骚，但王凝之死后她还是守寡而终了。有了这样一些背景，再回味前边的故事，就能读出一些特别的味道来。

在谢安死后，王珣不计前嫌，出于做人的磊落与情义，还是最后送别了谢安。这在王献之看来，以这位小兄弟平素的人品表现，似乎就应该这样做，也正是自己所期望的。同朝为官，出于敬仰也罢，出于情义也罢，这种惺惺相惜的情结，其实已经超出了一种常人的小我的局限，在胸怀与境界上自是上升到了一个较高的层次。去也就去了，祭拜别人也挡不住，走的时候也没有按照礼节与谢安的家人握手而别，王珣就是这样一种洒脱的姿态。

当然，谢安对王珣也是有所赞誉的。在《世说新语》“赏誉门”中有一则故事，说晋孝武帝时期，谢安兼任中书监，王珣有次因公事应该和谢安一同上朝，不过王珣来得晚了，因为座位狭窄，二人虽然有隔阂，但太傅谢安还是收敛双膝腾出地方让他坐下。王珣呢，神情安闲舒畅，谢安倾目注视着他。回家后，谢安对夫人说：“刚才看见阿瓜（王珣小字）了，确实不易多得，尽管不相交往，真是让人不能割舍。”这也应该看作是一种人格与精神上的相互欣赏了，同样也超出了一种常人的小我的局限，在胸怀与境界上也同样上升到了一个较高的层次，亦为同为士人之间的一种惺惺相惜了。

在《世说新语》“赏誉门”中有一则故事，说王献之曾经对谢安说：“您确实惬意洒脱。”谢安回答说：“我并不洒脱，您称道我说我最得意，我只不过风神和谐舒畅罢了。”只有心地光明磊落，了无挂碍，才能做到风神和谐舒畅。谢安的话，何尝不是对自己做人处世原则的一番表白，用它再去考量王珣的做派，实在也有相同的地方。所谓为大事者须有大格局、大境界，生活的细节之中就有气质的表现，显然王、谢二人都是相互关注的。

王珣是著名法帖《伯远帖》的作者，这个帖子与王羲之的《快雪时晴帖》，以及王献之的《中秋帖》，被清代乾隆皇帝称为“三希墨宝”而一直放在三希堂中时相把玩，成为一代绝世之宝。不过，据说王羲之、王献之父子的法帖，大致都为后世书家摹本，而王珣的《伯远帖》才是东晋王氏家族存世的唯一真迹，现存放于北京故宫博物院。董其昌观《伯远帖》，谓："王珣潇洒古澹，东晋风流，宛然在眼。"我们读着王珣的一些小故事，也是能有"东晋风流，宛然在眼"的感觉的。

原文：

【伤逝 17·15】王东亭与谢公交恶。王在东闻谢丧，便出都诣子敬道："欲哭谢公。"子敬始卧，闻其言，便惊起曰："所望于法护。"王于是往哭。督帅刁约不听前，曰："官平生在时，不见此客。"王亦不与语，直前，哭甚恸，不执末婢手而退。

【赏誉 8·147】谢公领中书监，王东亭有事，应同上省。王后至，坐促，王、谢虽不通，太傅犹敛膝容之。王神意闲畅，谢公倾目。还谓刘夫人曰："向见阿瓜，故自未易有。虽不相关，正是使人不能已已。"

【赏誉 8·148】王子敬语谢公："公故萧洒。"谢曰："身不萧洒。君道身最得，身正自调畅。"

尿不在一个壶里

“方正”一词，是指人的行为、品性正直无邪。在《世说新语》中，编撰者专门列出“方正”一门，收入六十六篇故事，大部分是记录官员刚正不阿、嫉恶如仇的言行的，应该算是一部清官的群星会。有些读起来十分有意思，如第十四则说，在晋武帝时期，荀勖是中书监，和峤是中书令，按照旧例，中书监和中书令是乘坐同一部车的。然而，和峤性情正直，常常嫉恨荀勖的奉承、谄媚。官车来了，和峤就上车坐在正中间，面向前，不给荀勖留位置，荀勖只好另找车才能离开。从此以后，中书监和中书令就由朝廷分别派车了。

先得说说中书监和中书令这两个官职。还是在曹操做魏王时，朝廷设置秘书令一职来处理尚书章奏等事务，到了曹丕当政，他就改秘书令为中书令，并特置中书监，权重排在中书令之前，两者共同处理原来秘书令承担的事务，总之就是帮助皇帝在宫廷处理政务的，甚至还有左丞、右丞分别兼任的情况。“掌赞诏命，记会时事，典作文书”，大致相当于现在的中央办公厅、国务院办公厅，都是皇帝身边的人了。但这两个重要的职位，对应上两个具体的人——和峤和荀勖，一位性情刚直，一位善事谄谀，意见不一致，相互看不上，所以就有了故事。

官员们这样的故事，即使在千余年后，各级层面上也都是比较常见的。在20世纪90年代初期，我还是基层部门的一个小秘书，经常有陪伴领导开会外出等机会，就能常常一睹类似的风采，见识宦海搏杀的风云气象。那时小轿车还是紧俏商品，一辆普通桑塔纳十七八万元，以当时的房价折算，大致相当于三四套百平方米的房子。小单位一般就一辆车，两位一把手经常坐在车里含沙射影、指桑骂槐，狭小空间战云翻滚，不亦乐乎。为了乘车，两位是闹尽了笑话，实在坐不到一起。后来就采取了一种折中的办法——先接一个，后接另一个，但辛苦了司机天天接送。再后来，经济条件和社会环境允许了，单位就给一人配备了一辆，似乎看起来就相安无事了。历史总是不吝重复，完全像是回到了西晋时代，重复着和峤与荀勖的旧事，虽然级别没有人家高。

这种情况，用民间的话来说就是“尿不在一个壶里”。古时候，人们深夜晤谈，因为神交心会，往往佳兴缠绵，相忘于永昼，就在一个夜壶里撒尿，所以后来的人把能谈得来且意见能够一致的情况，就说成是“能尿在一个壶里”，相反则是“尿不在一个壶里”。和峤和荀勖，就是典型的“尿不在一个壶里”。可以想见，他们除了有品性上的相互敌视外，估计在日常的工作中也是话不投机半句多了。显然，要能“尿在一个壶里”，除了有品性上层次相当的因素外，胸怀宽广、见识卓异、善于化解矛盾等个人修养也是非常重要的。

我有幸参加过一个精彩的会议，会议快要结束时，领导忽然发言说：“最近听人说我和某某尿不在一个壶里，她是女的，我是男的，她蹲着尿，我站着尿，怎么能尿在一个壶里，真是胡话！”顿时，会场一片哄笑声。这里，如果除却民间对女性性别歧视的因素不论，倒也说明了一个能共同团结、和谐相处的道理，就是“做人还是要像个男人一样”。可见，要能“尿在一个壶里”，是多么的不容易。

原文：

【方正 5 · 14】晋武帝时，荀勖为中书监，和峤为令。故事，监、令由来共车。峤性雅正，常疾勖谄谀。后公车来，峤便登，正向前坐，不复容勖。勖方更觅车，然后得去。监、令各给车，自此始。

身教第一

正是开学季，微信朋友圈中很多文字内容都是和孩子的教育相关的，看到一篇《从此刻起：我要》的长诗，其中有诗句云："从此刻起：我要用行动去影响孩子，而不是用言语去说教孩子；因为我知道孩子的行为不是被教导而成，而是被影响和模仿而成。"还有很多，可以看出父母对孩子教育的用心和真诚。

《世说新语》中也有太多这样的场景和故事，如谢安集聚子弟品评《诗经》章句，殷仲堪教育子侄要坚守读书人的本分、安贫乐道等，都是很感人的。但这里还是引出了一个教育方式方法的问题，在"德行门"中有一则故事说，谢安夫人教育子女，她问谢安道："怎么从来看不见你教育孩子呀？"谢安回答说："我常常在教育孩子啊。"其实，谢安的原话是"我常自教儿"。意思是说，自己常常以身教儿。在这则文字中，刘孝标注引用刘子真的旧事，亦明确了谢安此语之意，也就是文首引用的话，即"我要用行动去影响孩子，而不是用言语去说教孩子"。

王羲之在实际生活中也有这样的思考。在《世说新语》"言语门"中的一则故事说，谢安对王羲之说："人到中年常常会因为悲哀的思绪而伤神，和亲友别离，就要忧郁好多天。"王羲之说："年近桑榆，自然就会这样，只好靠音乐来陶冶性情、排遣忧闷，还总怕晚辈们打击这欢乐的情趣。”王羲之是担心自己的行为让晚辈受到影响，也沉迷其中而学坏了。日本人秦鼎在19世纪20年代读这则故事时进一步评论说：“晚年只赖丝竹陶写忧愁，得延日耳。夫我为之，不过为陶写忧愁而已，而常恐儿辈认我好之，遂亦仿效以为欣乐之具，为虑儿辈沉溺，致损我欣乐之趣。”这也是诠释得再明朗不过了，因为在用行动去影响孩子方面有所顾虑，所以也让自己不高兴了。

苏东坡对这则故事一定也是莫逆于心的。在他四十六岁的时候，由谪居之地黄州赴任汝州，过江宁而游览东山时，写了长诗《东山》追怀谢安，开首即有这样的句子：“谢公含雅量，世运值艰难。况复情所钟，感慨萃中年。正赖丝与竹，陶写有余欢。常恐儿辈觉，坐令高趣阑。”苏轼亦有这样的理解与纠结，想到王羲之与谢安的对话，直作解人，亦是七百年后的同气相求了。其实，苏轼在《与毛令方尉游西菩提寺二首》之一中也有诗句“人生此乐须天赋，莫遣儿曹取次知”，想来也多是考虑着对孩子身教的问题。

中国人实在太了解自己了，经常的口头禅是“察其言、观其行”，不要看他在说什么，而要看他做什么。但在教育孩子的问题上，往往却容易忽略了自己的行为的影响，也只有一些名门望族和一些在历史上有影响、有成就的人物，才会重视身教的实际影响力，并为了孩子的教育诚惶诚恐地做人。好在现时很多的为人父母者，已是多有了“身教第一”这样的意识，实是社会的大进步。南宋刘辰翁读这则故事时手批云：“自家潦倒，忧及儿辈，真钟情语也。此少有喻者。”真可怜为人父母者的一片苦心，希望明白人再能多一些。

原文：

【德行1·36】谢公夫人教儿，问太傅："那得初不见君教儿？"答曰："我常自教儿。"

【言语2·62】谢太傅语王右军曰："中年伤于哀乐，与亲友别，辄作数日恶。"王曰："年在桑榆，自然至此，正赖丝竹陶写。恒恐儿辈觉，损欣乐之趣。"

吉人辞寡

“吉人辞寡”，意思就是说，吉祥的人话少。这句话最早出自《周易·系辞下》，原文说：“吉人之辞寡，躁人之辞多。”浮躁的人话多，是和“吉人之辞寡”相对应的。有人研究指出，《周易》中含有算卦的内容，比如《颐卦》就很明显，所以就有人认为《周易·系辞下》中的这一段话恐怕也是战国时人谈“相”的内容。

在《世说新语》“品藻门”中记录了一则王献之的故事，就与此相关。故事说王献之兄弟三人一起去拜访谢安，王徽之和王操之两位兄长说了许多寻常的俗事，而王献之呢，只是略作寒暄而已。离开以后，在座的人问谢安：“刚才三位贤士，哪一位更突出？”谢安说：“小的最强。”客人说：“从什么地方可以知道他更突出呢？”谢安说：“吉人之辞寡，躁人之辞多。推此知之。”

魏晋时代，玄谈名士们对于《周易》《老子》等经典著作是十分熟悉的，书中的语句常常能够成为他们日常对谈时引用的内容，尤其像桓温、谢安等人，更能悠游于其中、了然于胸的。一方面，他们享受着美学体验所带来的精神生活的快感，丰富了生活的趣味，增添了生活的幸福感；另一方面，在实际生活中，又能以经典所承载的社会经验去观照人生、观照当下，形成一种雅致的生活状态。

谢安与客人对王门三兄弟的品评，虽然话语不多，但句句精准，以后来的情况看，王献之确实是贤出两位兄长的。这样一个人物“品藻”沙龙活动，在不到七十字的勾勒下，就成就了一幅东晋士人雅致生活的群像图，留给读者的是无尽的思索和无限的生活趣味。

话是少说为妙，这是自古以来人们就明白的生活哲学。大致话多，就容易对事物缺乏较深层次的思考和判断；言多必失，亦容易冲撞到别人，所以古人有很多的箴言名句都在诠释着这样一个道理，像“沉默是金”“祸从口出，患从口入”“因言获罪”等，许多都是以人类社会实践经验总结下来的。西人哲学家维特根斯坦也说：“凡不可言说者，必保持沉默。”这都是一样的道理，东方、西方，心理攸同。《周易》作为华夏经典读物，它在生活经验的总结和启示方面，还是留下了许多宝贵的精神财富，以供后人借鉴。

不过我们还是要佩服谢安之流识人如炬的才能的，他们像是真的掌握了相人的高超技艺一样，能看人到骨子里去。当然，这也与当时的清议之风是密切相关的。当时，朝廷选用官员，都是从最初的乡党品评、察举孝廉开始的，而后层层过关，通过人物的言谈举止来分辨其流品高下。当到了为政者的高层，能够“相人”则是最为基础而必要的素养了。在《世说新语》“识鉴门”中有一则谢安的故事，说褚爽年少时，谢安很欣赏他，总是对人说：“褚爽如果不是优秀的人才，我就不再‘相士’了。”“相士”就是“相人”，即品评、品鉴人物。“品鉴门”中的许多故事都具有这样的特征。且不说选拔官员，就是太傅郗鉴差人到王导家里选女婿，众兄弟“咸自矜持”，只有王羲之“东床上坦腹卧，如不闻”，后太傅听说便一句“就是他了”，遂有了“东床佳婿”的美谈。他们玩的就是那个范儿，那个魏晋风度的范儿。

话似乎说远了，然而我们真的是应该记住“吉人之辞寡”这句话的。

原文:

【品藻 9·74】王黄门兄弟三人俱诣谢公，子猷、子重多说俗事，子敬寒温而已。既出，坐客问谢公:“向三贤孰愈？”谢公曰:“小者最胜。”客曰:“何以知之？”谢公曰:“吉人之辞寡，躁人之辞多，推此知之。”

【识鉴 7·24】褚期生少时，谢公甚知之，恒云:“褚期生若不佳者，仆不复相士。”

生之留恋

生，是和死相对而言的。但究竟什么是死，自古以来，人们都存在一种神秘的好奇感。在《论语·先进》篇中，孔子的弟子季路问事鬼神，孔子说了一句“未知生，焉知死”的话，意思是说“活人的事情还没有搞明白，怎么知道死是怎么回事呢？”其实按照生物学的解释，死，就是没有了生命特征，一个生物体所有的生物学功能都永久终止了，是一种生物体消亡的生命现象。

死了究竟好不好，孔子回避了这个问题，似乎只是在强调好好活着，把活着的事情干好，但人们还是为死亡之后设计了很多的结局。西方有“极乐世界”之说，亦有“十八层炼狱”的冥想；而中国呢，则有鬼神的幻界，都安排得妥妥当当，还分明有着好坏的分野，而且这种好坏的分野，按照各自的因果理论，都还影响着现实的生活。当然，中国人也是幽默的，死了究竟好不好，不知是苏轼还是谁在和友人的调侃中说：“死了当然好！如果不好，怎么没有见到有回来的？”除了幽默外，它似乎也在说明死亡对于人类来说是不可逆的。

孔子所说的“未知生”，其实也引出了一个人为什么活着，活着有什么价值的问题，也产生了很多生存的价值观：有消极的，如

“人不为己、天诛地灭”“自私是人的本性”等；也有积极的，如“克己奉公”“人人为我、我为人人”等，各有千秋。但社会的价值趋向应该是积极的，最励志也最具有正能量的价值观，大致应当是俄国作家奥斯特洛夫斯基在其长篇小说《钢铁是怎样炼成的》中的主人公保尔·柯察金所说的一段：“人最宝贵的东西是生命，生命对每个人来讲只有一次。一个人的生命应该这样度过：当他回首往事时，不会因虚度年华而悔恨，也不会因碌碌无为而羞耻。在临死的时候，他能够说：我的整个生命和全部精力，都已献给了世界上最壮丽的事业——为人类的解放事业而斗争。”这段话强调了生命的价值在于创造和奉献。

不过一个事实是，“好死不如赖活着”却是极为常见的表现，人们对于死亡时的态度也有种种的可爱之处。清代扬州画派主要人物李方膺，对自己的才华很自信，因为病来得突然，死的时候也没有思想准备，只得惋惜地说：“死不足惜，吾惜吾手！”如此，李方膺死时很是惋惜的样子。吴敬梓《儒林外史》中的严监生，临终之际伸着两根指头就是不肯断气，大侄子、二侄子以及奶妈等人都上前猜度解劝，但都没有说中，最后还是赵氏走上前道：“爷，别人说的都不相干，只有我晓得你的意思！你是为那灯盏里点的是两茎灯草，不放心，恐费了油。我如今挑掉一茎就是了。”直到赵氏挑掉一根灯草，他方才点点头，咽了气。可见，严监生死时就是吝啬的样子。而自负的袁枚，很是欣赏巴蜀第一诗人张问陶，就对人说：“吾年近八十可以死，所以不死者，以足下所云张君诗犹未见耳。”袁枚不想死，则完全是一副惜才爱才的姿态。

《世说新语》“识鉴门”中有两则故事也表现出了个人对生之留恋的情怀。一则说卫玠五岁时神情气度很可爱，祖父太保卫瓘说：“这孩子与众不同，只是我老了，看不见他长大成人了啊！”另一则则颇为类似，说戴逵十多岁时在瓦官寺画画，长史王濛看见了，说："这孩子不仅善于画画，也终将获得名望。遗憾的是我老了，看不见他兴盛的时候了！"两则故事都表现出了主人公对他人美好人生的预见和憧憬，也都充满了对生活的留恋以及对死亡的遗憾之情。不过，据说，第二则故事中的王濛那时才三十九岁，这样说话分明是有些矫情了，这种矫情和上文中袁枚所说的话，读来都有些相似的感觉。

然而，无论如何人总是要死的，对生之留恋也不过是一厢情愿的事情，还是史铁生在《我与地坛》中的一句话说得好，"死是一件无须乎着急去做的事，是一件无论怎样耽搁也不会错过了的事，一个必然会降临的节日"。那我们还是相信一下孔老夫子的"未知生，焉知死"，好好地活在当下，积极地生活，仍然保持着对生之留恋的热情吧。

原文：

【识鉴 7·8】卫玠年五岁，神衿可爱。祖太保曰："此儿有异，顾吾老，不见其大耳！"

【识鉴 7·17】戴安道年十余岁，在瓦官寺画。王长史见之，曰："此童非徒能画，亦终当致名。恨吾老，不见其盛时耳！"

腹有诗书

小时候读书经常会遭到母亲训斥，母亲最常说的一句话是“把书读到狗肚子里去了”。现在回想起来，遭到训斥大致有两种情况，一种是成绩考砸了，另一种是在她看来做了糊涂事，但好像后一种情况要占的比例大一些。即使现在，在陕西关中一带，这句话还是非常流行，意思比较倾向于读书明理的功用论。但这句话深究起来亦颇费解，本来读书是读进大脑的，却说是“腹有诗书”，要说缘由，只能说是约定俗成。

在《世说新语》“排调门”中有一则故事，说丞相王导把头枕在周顗的腿上，指着他的肚子问：“你这里面有什么东西？”周顗回答说：“这里面空洞无物，但还是能容得下几百个像你这样的人。”他们同朝为官，都是晋室南下的功臣，相互之间的亲昵与调侃是十分常见的事，本来王导的意思是想说“周顗腹内空空，没有什么才能的”，却不想周顗这样回答了他。“排调门”的另一则故事也发生在他们之间，说是王导与朝廷官员们一起喝酒，他举起琉璃碗对周顗说：“这碗中间空空，却称它是宝器，是为什么啊？”周顗回答说：“这碗晶莹剔透，确是纯净透明，这就是它成为宝器的原因啊。”刘孝标在注中说：“以戏周之无能，亦当指腹中空空之意。”一般的研究者大多认为，第一则故事是由第二则故事衍生出来的，但不管是以物借喻还是以人实说，却都是在以“腹”说事，可见古人很早就有这样的说法了。另外，读过《红楼梦》的读者一定还记得第三回中的一首《西江月》，其中有一句说贾宝玉的话“纵然生得好皮囊，腹内原来草莽”，亦不啻说他“腹内空空”了。

在“排调门”中另一则有关郝隆的故事，对于“腹有诗书”的诠解，应该更为幽默而直白一些。郝隆是三国时吴人，官至征西参军，故事说他在七月初七这天出门在太阳下仰卧着，有人问他为什么要这个样子，他回答说“我在晒书”。七月初七，以魏晋的习俗，是要在太阳下晒晒经书和衣物的。郝隆的幽默，自然是其来有自，但他实在是有情趣的读书人，意思是说书都读到了我的肚子里。“我在晒书”，多么风趣而智慧的回答，真是“腹有诗书”的应景直解。

当然，要说到“腹有诗书”这个词语，苏轼是绝对不能绕过的人物。他年轻时在凤翔通判任上，与书生董传过从甚密，待改任回汴京经过长安时，就给董传写了一首留别诗《和董传留别》，其中有一句“腹有诗书气自华”，而后就成了经典的名句为后人所引用，强调了读书与人的修养的关系。读书的作用，不仅仅使人能够拥有知识，更重要的是通过读书能够提升人的精神境界，养成人的高雅、脱俗的气质。腹有诗书，有学于成，人的外在精神气色也是丰盈而华美的，自然会有不同的气象。

不过，苏轼的另一则故事对于人们理解“腹有诗书”这个词语则更有创造性。宋人费衮在《梁溪漫志·侍儿对东坡语》中说：“东坡一日退朝，食罢扪腹徐行，顾谓侍儿曰：‘汝辈且道是中有何物？’一婢遽曰：‘都是文章。’坡不以为然。又一人曰：‘满腹都是见识。’坡亦未以为当。至朝云，乃曰：‘学士一肚皮不合时宜。’坡捧腹笑。真是知我者，朝云也。”何止于“满腹诗书”，是“一肚皮不合时宜”，实在是对“满腹诗书”的拓展与延伸了。

原文：

【排调25·18】王丞相枕周伯仁膝，指其腹曰：“卿此中何所有？”答曰：“此中空洞无物，然容卿辈数百人。”

【排调25·14】王公与朝士共饮酒，举琉璃碗谓伯仁曰：“此碗腹殊空，谓之宝器，何邪？”答曰：“此碗英英，诚为清彻，所以为宝耳！”

【排调25·31】郝隆七月七日出日中仰卧，人问其故，答曰：“我晒书。”

无为而治

《世说新语》“政事门”中的二十六则故事，全是记录东汉至东晋近四百年间一些官吏处理政务的才能业绩的。不过第十五则故事读起来还是比较特别，说丞相王导晚年完全不怎么料理政务，只签署文书画诺，还自己叹息说：“人们说我糊涂，后人会思念我这糊涂的。”看起来就不是说什么才能业绩，所以南宋刘辰翁读这则故事时评论道：“当其时，或自有见，以为政事法则不可。”意思是说是不能算作处理政务的法则的。

什么都好，就是常说的老好人主义，其实在政治学上称它为“无为而治”，即思想的底子是道家的。永嘉之乱后，西晋王朝土崩瓦解，在世家大族的拥戴下，不得不偏安于江左之一隅而苟延残喘了，客观上还面临着南北地域上的矛盾和文化上的冲撞，以及世家大族内部争斗的平衡问题。怎样使中原政权在江南立足，则成为首要任务，所以作为东晋王朝的第一任丞相王导，他的主政思想就选择了虚己倾心、谦和包容、事从简易的道家思想——“无为而治”，这也是和当时的社会思潮，即所谓的“正始之音”是相统一的。当时的人也许看不懂，只看到他毫无作为，但从历史的观察角度来看，正如王导所说，“后人当思此愦愦”。陈寅恪曾在《述东晋王导之功业》一文中对此有所发挥，他说："导自言'后人当思此愦愦'，实有深意。江左之所以能立国历五朝之久，内安外攘者，即由于此。故若仅就斯言立论，导自可称为民族之大功臣，其子孙亦得与东晋南朝三百年之世局同其兴废。岂偶然哉！"

东晋王朝进入谢安时代已积弱日久，亦是内忧外患。王朝内部，桓温掌握军权，早就有了夺取司马氏政权的野心，谢安以静制动，化险为夷，活用"拖"字诀，终于拖垮了桓温，保证了东晋政权的稳定和延续。王朝外部，中原已被前秦苻坚统一，陈兵百万，攻伐东晋，谢安临危不惧，以静制动，以八万兵马取得淝水之战的胜利，使之成为世界军事史上以少胜多的著名战例，并趁机北伐把边界线推进到了黄河沿线，又维持了南北僵持几十年的和平局面。后来的研究者认为，在主政思想方面，谢安则继承了王导"无为而治"的道家思想，以静制动、以稳治乱、清静为正，成为东晋王朝两位著名的主政代表人物。在《世说新语》"政事门"中有一则故事，说谢安当政时，兵士和奴仆逃亡，大多就近流窜到南塘一带的船上。有人想要对各船进行搜查，谢安不允许，说："假若不能包容这些人，还怎么称得上是京都？"当然，谢安之说也是其来有自。余嘉锡《笺疏》中解释说："'京都'《太平御览》中作'京师'。《公羊桓公九年》有云：'京师者何？天子之居也。京者何？大也。师者何？众也。天子之居，必以重大之辞言之。'"就是说要包容并蓄，有宏大气象。但从另一方面来看，少安毋躁，守静以治乱，直面苻坚入侵，不妄动，稳定人心，还是必要的。

当然刘辰翁的评论也是有道理的，为政者切不可都是"无为而治"，懒政、怠政亦不可取，该忙的也需要忙起来，所谓有所为有所不为，这样也才能保证国家机器的正常运转。"政事门"中的另一则故事则很风趣地说明了这个道理，故事说王濛、刘惔和支遁一起去看望何充，何骠骑只看文件，不理他们。王濛对何充说：“我们今天特意和林公（支遁）一起来看你，希望你摆脱日常事务，和我们一起来谈论玄学。怎么还能低头看这个呢？”何充回答说：“我不看这个，你们怎么能够活命？”大家都认为这话说得好。其实究竟有什么好呢？我看好就好在，除了幽默外，还在说“总得有人忙着”。

原文：

【政事3·15】丞相末年，略不复省事，正封箓诺之。自叹曰：“人言我愦愦，后人当思此愦愦。”

【政事3·23】谢公时，兵厮逋亡，多近窜南塘下诸舫中。或欲求一时搜索，谢公不许，云：“若不容置此辈，何以为京都？”

【政事3·18】王、刘与林公共看何骠骑，骠骑看文书，不顾之。王谓何曰：“我今故与林公来相看，望卿摆拨常务，应对玄言，那得方低头看此邪？”何曰：“我不看此，卿等何以得存？”诸人以为佳。

忠与孝

有关魏晋时期忠与孝的问题,《世说新语》中的故事很多都能有所表现，也有专门的研究家就此题目做过文章。忠与孝，概括地说，儒家的核心理论就是它了，它的本质就是两个字——“唯上”。汉自董仲舒“罢黜百家、独尊儒术”以后，儒家学说成为统治集团的思想武器，一直占据着社会思潮的顶峰，即使到了玄学隆盛的魏晋时期亦无例外。

《世说新语》“政事门”中的第一则故事，说陈寔是太丘长，大县为令，小县为长，也就是一个县长的职务吧。当时，官吏中有一个谎称母亲有病而请假的人，被陈寔发觉了，就拘捕了他，并命令人把他杀掉了。这时主簿请求交付狱吏拷问该人的其他罪行，陈寔说:“欺君不忠，诅咒母亲生病是不孝，不忠不孝，他的罪行没有比这更大的了。审察其他邪恶行为，难道还有比这罪行更严重的吗？”要用现在的眼光来看，这家伙简直就是一酷吏，但当时的社会形态就是这个样子，人们并不觉得很出格，像曹操杀孔融和司马昭杀嵇康、吕安，就都是以不孝作为借口的，而儒家的伦理思想已经为政治实践大行其道了,《礼记》《孝经》等儒家经典的内容更是社会规范的标尺。

有些所谓的孝行就让人觉得很荒唐，以至于愚昧。“德行门”中有一则王祥的故事，说他侍奉后母非常谨慎。家里有一棵李子树，结的果实特别好，母亲一直让他看守着。有一天，风雨突然来临，王祥就抱着树哭了起来。本来王祥曾在另外一张床上睡觉，后母在黑暗中前去砍杀他，正巧王祥起来小便，砍刀空砍到了被子上。王祥回来后，知道后母为此遗憾不止，便跪在后母面前请死。后母因此被感动而醒悟，以后就像爱自己的儿子一样爱他了。在《晋阳秋》中还有一则王祥的故事，就更像是神话传说了。王祥的后母患病，寒冬天里需要生鱼，王祥就解衣融冰，恰巧一处冰消的地方就有小鱼跳了出来。这即是至今亦还流传于民间的“王祥卧冰救母”的故事。

忠、孝本为一体，但在现实生活中又不完全是，这让当时的人们很纠结。“言语门”中有一则故事，说桓温率军伐蜀进入长江三峡，两岸悬崖峭壁，高耸入云，峡谷中波浪奔腾，水流湍急，于是叹息说：“既做了忠臣，就不能做孝子了，怎么办？”刘孝标注中解释说：“桓温此时行走在益州，当是想起了汉时益州一先一后的两位刺史王阳和王尊，王阳为了尽孝辞官而去，而王尊则看不起王阳，不做孝子而做忠臣，所以桓温就有了忠孝不能两全的感慨。”忠与孝，就是这样交织在一起的。

在《世说新语》“尤悔门”中有一则故事，说温峤起初接受刘琨的派遣，渡江奉表劝说汉元帝即位，母亲崔氏坚决阻止他，温峤割断了衣裾义无反顾地走了。到他已达尊贵的职位时，乡评仍然不获通过，每次晋爵都要皇帝亲自发诏书特进。汉时选拔官员，采用的是九品中正之制，乡评是必须的，而温峤不孝在乡里肯定过不了，但他又功绩显著，朝廷总不能亏了他，所以只好破格提拔，由皇帝亲自出马下诏书了。当然，这也许是时人把孝悌之义看得极为重要的另一个原因吧，因为要走仕途，不孝是绝对不行的，而因孝行出色被选拔为官员的也很多。

不过，后来在忠与孝的问题上，经过大量的社会实践的论证，统治集团就有了一个倾向性的原则——“孝先于忠，亲先于君”。鲁迅先生在《魏晋风度及文章与药及酒之关系》中解释这一现象说：“因为天位从禅让，即巧取豪夺而来，若主张以忠治天下，他们的立脚点便不稳，办事便棘手，立论也难了，所以一定要以孝治天下。”唐长孺在《魏晋南朝的君父先后论》中则说：“自晋以后，门阀制度的确立促使孝道的实践在社会上具有更大的经济上与政治上的作用，因此‘亲先于君，孝先于忠’的观念得以形成。”但无论如何，一个客观的事实是，忠与孝的思想，仍然在而今的现实生活中发挥着十分有力的作用。

原文：

【政事 3·1】陈仲弓为太丘长，时吏有诈称母病求假。事觉，收之，令吏杀焉。主簿请付狱，考众奸。仲弓曰：“欺君不忠，病母不孝。不忠不孝，其罪莫大。考求众奸，岂复过此！”

【德行 1·14】王祥事后母朱夫人甚谨。家有一李树，结子殊好，母恒使守之。时风雨忽至，祥抱树而泣。祥尝在别床眠，母自往暗斫之。值祥私起，空斫得被。既还，知母憾之不已，因跪前请死。母于是感悟，爱之如己子。

【言语 2·58】桓公入峡，绝壁天悬，腾波迅急。乃叹曰：“既为忠臣，不得为孝子，如何！”

【尤悔 33·9】温公初受刘司空使劝进，母崔氏固驻之，峤绝裾而去。迄于崇贵，乡品犹不过也。每爵，皆发诏。

相亲的故事

《世说新语》“贤媛门”中记录了两则相亲的故事，都出在太原王氏一门。一则是长辈为晚辈相亲的，一则是本人自己相亲的，各有各的道理，但读起来都蛮有趣味，也能看出一些当时婚配嫁娶的习俗情况。

一则故事说，司徒王浑的妻子钟氏，生的女儿美好贤淑，王济要给妹妹找一个好对象而没有找着。有个当兵人家的孩子才智卓越，王济就想把妹妹嫁给他，于是对母亲说了。母亲听了情况以后说这人确实有才，他的门第可以搁置不论，不过我得看看他。王济就让这位兵家子弟夹杂在一群地位较低的人群当中，母亲就在帷幕中观察他。过后，母亲对王济说：“穿着这样的衣服、长着如此模样的人，是不是你选中的？”王济说：“是的。”母亲说：“此人才能足以让他出类拔萃，然而他的门第寒微，寿命也不长，难得有机会伸展他的才能。看他的身体和骨相，一定不会长寿，不能和他结婚。”王济依从了母亲。数年后，那兵家子弟果然就死了。

读这则故事，首先让人佩服的是钟氏察人识相的本领，她不但能根据自己掌握的比较模糊的信息从人群中分辨出自己所要观察的对象，而且能根据对方的身体和骨相情况判断出他的才能寿夭，这是很厉害的。其次就是在子女婚嫁观念上，突破了魏晋时期极其看重的门第对等习俗，而不以门第等级相亲，这是很不容易的。钟氏名琰之，出身名门，是太傅钟繇的曾孙女，其父官至黄门郎，也算是权门要族中人了，而能贤淑如此，当是应该让人刮目相看的。“贤媛门”中就有一则故事专门说到她的贤惠和才智。故事说她和郝氏是妯娌，相互之间既很亲近又很尊重，具体表现是她不因为自己身世高贵就在郝氏面前以势压人，郝氏也不因为自己身世微贱就在钟氏面前低声下气，所以王湛家中就以郝夫人的法度为准则，王浑家里就以钟夫人的礼法为规范。总之，这两位都是当时俊才女德的典型。

郝氏是郝普的女儿，刘备入川时曾经委任郝普为零陵太守，他也算是三国时比较出名的人物，而上文中的故事说郝氏身世微贱，看来应该是相对于钟氏一门而说的。郝氏的话题也就引出了“贤媛门”中记录的另一则相亲的故事，说王浑的弟弟王湛年轻未婚，自己却提出要娶郝普的女儿。其父司空王昶觉得王湛生性痴傻，正好也没有婚配对象，于是随他意愿就答应了。婚后，郝氏果然有美丽的姿容，又有贤淑的德操，生了儿子王承官至东海太守且也很优秀，她最后还成了王氏家族良母的仪范。有人就问王湛：“你是怎么识别她的？”王湛回答说：“我曾经看见她在井上打水，举止形貌不失规范，从不举目直视，凭这知道了她贤淑善良。”故事到这里就完了。他的相亲的眼力也不比钟氏差，可见他是真的不傻。说王湛傻吧，其实他一点儿也不傻，平时就是话少一些，连他自己的父亲对他也没有一个正确的认识。不过，后来他的侄子——大名人王济给晋武帝推荐叔父王湛时说：“他的才能在‘山涛以下，魏舒以上’。”于是王湛就慢慢出名了，官做到了汝南内史。

这两则相亲故事，形象地记录了两位魏晋时期贤媛的母仪风范，更多的是表现了她们内在的品德和才性，就是用现在的眼光看来，也有可取的地方。不过，《世说新语》中关于钟氏的故事一共有三条，上面说到了两条，还有一条在“排调门”中，则和她的“贤淑”的形象似乎就有些“相冲”。故事说，王浑和妻子钟氏一起坐着，看见儿子王济从庭前走过，王浑高兴地对妻子说：“生儿子能这样，足以安慰人心。”妻子钟氏笑着说：“假使新妇能够配给小叔子参军王沦，生了儿子本来可以不只是如此。”这真是让夫君王浑情何以堪！后来的许多人，都认为这句调侃的话是违背礼教规范的，和“贤媛”的形象极不相称，但好在编撰者把它放在了“排调门”，我们权且算作是遇到了幽默女神——笑一笑也就罢了。

原文：

【贤媛 19 · 12】王浑妻钟氏生女令淑，武子为妹求简美对而未得。有兵家子，有俊才，欲以妹妻之，乃白母。曰：“诚是才者，其地可遗，然要令我见。”武子乃令兵儿与群小杂处，使母帷中察之。既而母谓武子曰：“如此衣形者，是汝所拟者非邪？”武子曰：“是也。”母曰：“此才足以拔萃，然地寒，不有长年，不得申其才用。观其形骨，必不寿，不可与婚。”武子从之。兵儿数年果亡。

【贤媛 19 · 15】王汝南少无婚，自求郝普女。司空以其痴，会无婚处，任其意，便许之。既婚，果有令姿淑德。生东海，遂为王氏母仪。或问汝南：“何以知之？”曰：“尝见井上取水，举动容止不失常，未尝忤观。以此知之。”

【排调 25 · 8】王浑与妇钟氏共坐，见武子从庭过，浑欣然谓妇曰：“生儿如此，足慰人意。”妇笑曰：“若使新妇得配参军，生儿故可不啻如此！”

传神

《世说新语》“巧艺门”中故事凡十四则，关于绘画方面的有九则，书法、棋艺各占两则，建筑一则。其中，绘画故事中的两个主要人物戴逵和顾恺之，在中国绘画史上有着重要的地位，他们开一代之风气，使绘画艺术在魏晋时期理论与实践方面都有了重大的发展和变革。对于书中的故事，亦为后人多相借鉴，可谓功莫大焉。

我们可以通过书中的几则故事，略为解读顾恺之的绘画创作及其画论。顾恺之出身于东晋士族家庭，籍贯晋陵无锡，亦即今江苏焦溪人。他的母亲死得较早，以至于自己都记不起来母亲是怎样一个形象。成人以后，出仕，曾做过桓温以及殷仲堪的参军，后来官至散骑常侍。他工诗赋、书法、绘画，才艺方面的表现是多样的，人称“三绝”，即才绝、画绝、痴绝。所谓才绝，更多的是指他有出众的文才，钟嵘《诗品》中对他的诗作品评较高，甚至高于曹操与班固二人；所谓画绝，是说他不仅画技高超，而且绘画理论也是精深宏远；所谓痴绝，则是说他为人处世善于装痴作呆，明哲保身。不过，我们还是最看重他在绘画方面所取得的成就。他的绘画师从于卫协，擅长肖像、历史人物、道释、禽兽、山水等题材，当时的人们就给了他很高的评价，如《世说新语》“巧艺门”中谢安就说：

"顾恺之的画，是自有人类以来所未有的。"谢安此说可能是有些誉之过高，但纵观中国绘画史，一个不争的事实是：山水画在他的作品中成型，人物画在他的作品中得到完善，尤其是他的画论——"传神论"具有划时代的意义，标志着中国绘画的觉醒，亦使他成为中国绘画理论的奠基人。

"巧艺门"中九则有关绘画的故事，其中有六则都是关于他的，后来研究顾恺之绘画创作及其画论的人，也都会把它们作为第一手的资料而高度重视。顾恺之的著名画论之作是《画论》《魏晋胜流画赞》以及《画云台山记》，都收录在唐代张彦远的《历代名画记》中，论点实多，而以"传神论"最为突出。"传神论"的核心是"以形写神"，顾恺之首先把"神"的概念引入到了绘画美学领域，提出绘画艺术美的最高要求是"传神"，把人们的审美视觉由对外形美的关注引入到了对于内在精神美的观照。顾恺之的"传神"主要是指人物画，而后谢赫又把"神"分解为"气韵"，并作为"谢赫六法"的观点之一；宗炳和王微在画论中还把"传神"引入到了山水画。随着时代的发展，"传神论"在文学、美术以及其他艺术领域都得到了重视，一直影响着艺术创作。

在人物画中如何做到"传神"？有人根据顾恺之的相关文字归纳出三个方面的内容，首先是通过对对象的外形、动作等的艺术表现，取得"传神"的途径，亦即顾恺之强调的"容仪""骨法""服章""奔腾大势"等。这应该是最基本的要求。其次是传神在于人物的眼睛等"点睛之节"。在"巧艺门"中有一则故事，说顾恺之画人像数年不去点睛，人问他缘由，他回答说"四肢的美丑无关乎画的奥妙，画像的传神之笔就在于这里面"。还有一则故事，说他为裴楷画像，脸颊上添了三撇胡须，并说："这样才能表现出裴楷的才华识具来。"而看画的人看来看去，也觉得神采气韵比原来强多了。这两则故事都是著名的事例。再次是人物之间以及人物与环境之间的关系，亦为“传神”的关键。书中还有另一则故事，说顾恺之为谢鲲画像，把人物放在岩石中，以此来衬托人物的品行节操。

顾恺之的“传神论”被认为是中国美术史上最早问世以及最为完备的画学理论，它的产生除了个人的绘画实践和理论归纳因素之外，社会环境的影响是不容忽视的。在“巧艺门”中有一则另一位大画家戴逵的故事，亦能作一些佐证。戴逵比顾恺之年长十余岁，但他隐居不仕，是著名的大隐士、大画家，而王羲之的儿子王徽之“雪夜访戴”访问的就是他。故事说戴逵中年以后画佛像极为熟练妙绝，不过太尉庾亮的儿子庾龢看了之后却对他说：“佛像神韵过于世俗，是因为你的世俗之情未尽的缘故。”戴逵说：“只有务光大概能免去你的这个批评。”务光，夏朝时的隐士，是不问世事、不食人间烟火的。可见，戴逵显然极不赞成庾龢的观点。实际上，魏晋至唐，绘画题材最多的还是佛像画。当时，佛教及佛像画自域外传入，都面临一个“中国化”的问题，戴逵就把佛像画“世俗化”了，亦即“中国化”了，为中国美术史作出了极大的贡献。这是题外话了。这则故事的另一个关注点是，庾龢对于人物画所表现出来的“神明”，亦即“精神气韵”的观照，是极为重要的，它反映了当时的社会环境。魏晋时期，朝廷选拔官员推行九品中正制，清议玄谈之风盛行，人的精神气韵成为品评的重点，整个社会的“重神”意识较为普遍，所以庾龢关注一幅人物画作中的“神明”也就不奇怪了。因而，可以看出，顾恺之的“传神论”应该是时代的产物，是人民群众集体智慧的结晶，只是伟大的画家通过自己的实践和智慧把它变为真理了。

“迁想妙得，以形传神”，其在今天仍然有着巨大的影响。

原文：

【巧艺21·7】谢太傅云："顾长康画，有苍生来所无。"

【巧艺21·8】戴安道中年画行像甚精妙。庾道季看之，语戴云："神明太俗，由卿世情未尽。"戴云："唯务光当免卿此语耳。"

【巧艺21·9】顾长康画裴叔则，颊上益三毛。人问其故？顾曰："裴楷俊朗有识具，正此是其识具。"看画者寻之，定觉益三毛如有神明，殊胜未安时。

【巧艺21·12】顾长康画谢幼舆在岩石里。人问其所以？顾曰："谢云：'一丘一壑，自谓过之。'此子宜置丘壑中。"

【巧艺21·13】顾长康画人，或数年不点目精。人问其故？顾曰："四体妍蚩，本无关于妙处；传神写照，正在阿堵中。"

恐吓

《世说新语》“轻诋门”中的故事是说名士之间相互轻视、诋毁的，大多读起来还有些趣味。不过，与桓温相关的两条，除了轻视诋毁外，就还能看出桓温在臣僚面前居高临下的霸道，以及恃权恐吓的丑陋。这两则故事都发生在桓温二次北伐攻克洛阳期间，此时他拥兵自重，已有阴谋篡晋的野心了。

其一是恐吓袁虎的。故事说桓温进兵洛阳，经过淮河、泗水到达了北部地区，和众僚属登上了大船的船楼，眺望中原，感慨道：“终于使中原沦陷，长久变成荒城废墟，王衍等人不能不承担责任！”这时袁虎不假思索地说：“国运本来就有废立兴衰，哪里一定是这些人的过错！”桓温神色严峻，环顾在座的人，说：“各位听说过刘表的一些事吗？他有一头大牛重有千斤，吃起草料来也是其他牛的十倍，然而载重远行竟然不如一头瘦弱的母牛。曹操进入荆州，宰杀它犒赏士兵，当时没有人不叫好的。”意思是用牛来比况袁虎，可以杀了他了。在座的人都很惊骇，袁虎也吓得变了脸色。

王衍是西晋重臣，性好清谈，官至太尉，带兵打仗，兵败于石勒，自己也丢了性命，死时叹息说：“若不崇尚虚浮，亦不会到这样的境地。”其后晋室南渡，偏安于一隅，而在桓温看来，王衍等人是有责任的，所以他有这样的感慨。还有一个背景是，在桓温之前，朝廷重用殷浩以遏制他，委任殷浩北伐，殷浩却大败而归，他趁势上表朝廷把殷浩给废了，而殷浩与王衍有一个相似的特点是崇尚清谈，因而他的感慨亦应是意有所指的。这时，桓温北伐收复失地，是何等趾高气扬，而袁虎却来败兴替王衍等人开脱，桓大将军能不给他脸色看，并动了杀死他的念头么！袁虎，曾做过桓温的记室参军，应该是他的秘书班子成员。在《世说新语》“文学门”中有一则故事记录袁虎文思敏捷，说桓温北伐时命他倚马拟写公文，他立马而就，后来“倚马千言”也就成了典故。不过，袁虎总是看不惯桓温的专横跋扈和阴谋篡逆，在著文或谈论中多次冒犯桓温，因而仕途也不好，直到桓温死后才有了转机。这回桓温旁敲侧击地恐吓他，他亦吓得变了脸色，应该是自然的表现。

另一则故事则是说桓温恐吓孙绰的。孙绰是东晋玄言诗人的代表人物，他和王羲之、谢安等人相善。永和九年王羲之组织兰亭集会时，他是重要成员之一，而此时殷浩正在北伐作战。桓温北伐略后，他大败姚襄收复洛阳是在永和十二年（356），而上表请示迁都也是在这一年。“轻诋门”中的这则故事说，桓温想迁都洛阳来扩展开拓疆土、安定国家的事业。孙绰向朝廷上表谏阻桓温迁都的奏议，论述颇有道理。桓温看了表疏心中服膺，却又恨他提出异议，于是让人转达他的意思给孙绰说：“你为何不去追寻《遂初赋》，却竭力干预别人的国家大事！”

孙绰的《谏移都洛阳疏》在《晋书》中有录，其中说迁都乃“舍安乐之国，适习乱之乡；出必安之地，就累卵之危”，亦算是掷地有声。他的奏疏上去以后，迁都的事就搁置了下来，而桓温以此图谋篡位的阴谋也没有得逞。其实，这时朝廷和臣僚都是摄于桓温的权势而噤若寒蝉的，孙绰发了声，桓温自然是嫉恨的，于是就差人捎话恐吓孙绰了。《遂初赋》是孙绰在会稽纵情山水时写的一篇文字。“遂初”就是遂其初愿、去官隐居的意思，而桓温这时旧事重提，并以此来敲打他，就是让他少管闲事。

“恐吓”一词，就其本意来说，是指以要挟的话或者手段威胁、吓唬别人，使他人心里感到畏惧、恐慌。在文明社会，许多国家也会把恐吓作为刑事犯罪的一种列于刑法之中。但翻看史书，我们还是觉得，人类于“文明”一词的表现，终究还是太苍白了，因为强权、心虚、自私的欲望受到冲犯，因而就会多了种种恐吓的手段和丑态，暴露出了人性的凶狠、阴暗和险恶来，实在让人不觉得人世是清明的。桓温的这两则故事，不过只是史书边上的一角罢了。

原文：

【轻诋 26·11】桓公入洛，过淮、泗，践北境，与诸僚属登平乘楼，眺瞩中原，慨然曰：“遂使神州陆沈，百年丘墟，王夷甫诸人，不得不任其责！”袁虎率而对曰：“运自有废兴，岂必诸人之过？”桓公懔然作色，顾谓四坐曰：“诸君颇闻刘景升不？有大牛重千斤，啖刍豆十倍于常牛，负重致远，曾不若一羸牸。魏武入荆州，烹以飨士卒，于时莫不称快。”意以况袁。四坐既骇，袁亦失色。

【文学 4·96】桓宣武北征，袁虎时从，被责免官。会须露布文，唤袁倚马前令作。手不辍笔，俄得七纸，殊可观。东亭在侧，极叹其才。袁虎云：“当令齿舌闲得利。”

【轻诋 26·16】桓公欲迁都，以张拓定之业。孙长乐上表谏此，议甚有理。桓见表心服，而忿其为异，令人致意孙云：“君何不寻《遂初赋》，而强知人家国事！”

好财与好屐

这则故事读起来比较费神，后来读它的人点评意见分歧也较多。毕竟魏晋离我们太远了，我们不能复原当时的语境，所以有不同的理解亦不应觉得惊奇了。

故事在《世说新语》“雅量门”中，说祖约爱财，阮孚爱木屐，都是经常亲自料理。同是嗜好之累，但这还不能判断出二人的优劣得失。有人去拜访祖约，看见他正在打理、查看他的财物，客人到了也来不及收拾，剩下两个小竹箱，他就放在背后斜着身体遮掩住，神情中还有点不放心的样子。有人去拜访阮孚，看见他正在吹火给木屐打蜡，嘴里还感慨地说：“不知一辈子能穿几双木屐？”其神色闲适舒畅。由此，二人高下才得见分晓。

上面的故事为原文直译，没有意译发挥。故事分两个层次，首先说二人同有嗜好之累，但通过此还不能分出二人优劣；然而故事的目的是要分出二人优劣的，所以需要递进，第二个层次就描绘了二人正在沉迷于自己的嗜好时客人突然造访，二人的神态表现却截然不同，于是就有高下之分了。这种相互比较的方法运用，在《世说新语》各门中是比较普遍的，有比较才有鉴别，道理则很明显。

后来读它的人有很多的不满意，如南宋刘辰翁就说“胜负本不待此”，如著有《梁溪漫志》的费衮就说“夫蜡屐固非雅事，然特嗜好之僻尔，岂可与贪财下俚者同日语哉”，如余嘉锡就说“好财之为鄙俗，三尺童子知之”等，总之是对于刘义庆编撰的这则故事意见颇大。其实，我们读它也会产生种种的疑问，最根本的误解之处，还在于“好财”与“好屐”两种嗜好之间的价值判断是有差别的，如果安排二人在同一嗜好上有不同的表现，以此来分出二人高下优劣，可能就容易理解了。

这里有必要把“屐”的事情弄明白。屐，是一种蹚水踏泥时穿的鞋子，多为木制，底上有齿，起到防滑的作用。其制作工艺比较复杂，还要经过涂蜡加工，以增强其防水功能，所以上边的故事中说阮孚吹火给木屐打蜡，大致也是平常的保养行为。在魏晋时期，屐是比较贵重的，流行于上层阶层，很时尚，有时丢了还要去寻找；甚至于有些官员在任上，会利用职权为自己制作大量的木屐作为贵重物品私藏起来；还有因木屐被人弹劾的，如裴松之《元嘉起居注》就有记载说，“竹林七贤”之一的刘祯曾经“弹广州刺史韦朗赃有白荆屐六七十量”。当时，一般的老百姓则穿一种被称为“屩”的鞋子，多以草质制作，不耐泥水浸泡，也不耐穿，舒适度也不行，所以不如木屐贵重。当然这多在南方出现，北方则以穿靴子为常见。木屐可以穿许多年而不会毁坏，因而阮孚感慨地说：“不知一辈子能穿几双木屐？”在《世说新语》“雅量门”还看到一则有关木屐的故事，说王徽之、王献之兄弟在一间房里坐着，房上忽然起火，王徽之惊慌失措连木屐都来不及穿，而王献之则神态安然，和平常一样，不慌不忙地呼唤身旁的侍从搀扶他走了出来。为此，世人也以此事来判定二人精神气宇的高下。《晋书》中则有记载说，淝水之战时谢玄等打败苻坚的消息传来，谢安正在和客人下围棋，棋罢回屋，过门槛时把屐齿打断了，因为高兴，所以自己也没有觉察。由此也可以看出，木屐的功能已不仅仅是“蹚水踏泥”了，应该已是一种日常的步行衣具。

知道魏晋时期木屐亦如财物一般贵重，所以也会“等同其观”了，再回过头读这则故事，则就可以缓解一些疑问了。不过，钱穆在《国学概论·魏晋清谈》中所解读的，也能让人缓解一些疑问。他说：“晋人估价之标准，则一本于自我之内心。故祖、阮之优劣，即定于其所以为自我者如何耳。士少（祖约）见客至，屏当财物，畏为人见，意未能平，此其所以为劣耳。遥集（阮孚）见客至，蜡屐自若，神色闲畅，此其所以为优也。凡晋人之立身行己，接物应务，铨衡人物，进退道术者，其精神态度，亦胥视此矣。”晋人关注的是“自我之内心”，重视的是人的精神气质，因而“意未能平”与“神色闲畅”之间的比较才是视察的重点，也是有鲜明的高下之分的，这才是故事的核心。除此而外，我们还觉得这则很短的故事的人物形象描绘是出神入化的。当然，通读完这则故事，如果心里也能替祖约说一句“不知一辈子能花多少钱呢”，也算是阅读的收获吧。

原文：

【雅量6·15】祖士少好财，阮遥集好屐，并恒自经营。同是一累，而未判其得失。人有诣祖，见料视财物。客至，屏当未尽，余两小簏著背后，倾身障之，意未能平。或有诣阮，见自吹火蜡屐，因叹曰：“未知一生当著几量屐？”神色闲畅。于是胜负始分。

【雅量6·36】王子猷、子敬曾俱坐一室，上忽发火。子猷遽走避，不惶取屐；子敬神色恬然，徐唤左右，扶凭而出，不异平常。世以此定二王神宇。

宽慰与谄媚

《世说新语》“言语门”中有两则颇为相似的故事，都是记录皇帝与侍中之间廷堂应对的。面对皇上的惶恐或不快，做臣子的在语言上，或宽慰，或谄媚，都让主子舒坦了许多，而同时他们也显示了自己的学识与才情，因而编撰者把这两则故事列入了“言语门”。

一则故事说，晋武帝司马炎刚登基的时候，卜筮占问得了个“一”字。帝王传代长短，与占卜的数字有关，因此武帝很不高兴，群臣也惶恐失色，没有谁能够应对。这时，侍中裴楷上前说：“臣听说天得一而清明，地得一而安宁，侯王得一而天下恢宏正道。”武帝很高兴，群臣也都赞叹、佩服他。

另一则故事说，桓玄篡位以后，皇帝宝座微有塌陷，群臣惶恐失色。这时，侍中殷仲文上前说：“这是因为圣上德行深厚沉重，以致大地都承载不住了。”当时，人们都很赞赏他的这句话。

这两则故事两相比较，确实如出一辙。裴楷年少时就耽于清谈，对《老子》《易经》的内容很是熟稔，人称“中朝名士”，且又是皇上身边的人，其引用《老子》中的语句机敏地化解了尴尬。殷仲文的妻子是桓玄的姐姐，他跟着妻弟混，当桓玄做了皇帝，他也成了侍中，而且他的文才也是很有名的，连桓玄受九锡的诏令都是他的手笔，所以以他的才情能有这样的表现，也就不奇怪了。侍中，那时大致相当于宰相的职位，无论如何也总是应该有两下子的。在魏晋谈玄之风盛行，且以言语机敏来审视士人才华高下的环境中，两位侍中的表现，亦应算是很出色了。

不过，真是应了“事有先兆，莫知其然”的古语，就说从晋武帝司马炎逼迫魏元帝禅让并建立西晋以后，也就二十年左右的时间，到次子司马衷即位呆痴不任事，先有太傅杨骏辅政，后有皇后贾南风专权，而后八王之乱、五胡乱华，西晋已是元气大伤。后来，晋惠帝司马衷又突然驾崩，他的弟弟晋怀帝司马炽即位，照样是礼崩乐坏、外患觊觎，没几年就被匈奴政权所灭。晋宗室被赶至江左，建立了东晋王朝。从本质上讲，西晋王朝政权也就司马炎一朝司马氏是实际的掌控者，“言语门”所谓“探策得一”真是邪乎得让人莫知其然。再说桓玄，他的父亲桓温本就有谋篡东晋皇权的野心，但受到王、谢集团的掣肘，临死受九锡的愿望亦没有实现。桓玄倒是威武，世易时移，先是受了九锡，紧接着就篡位夺权，建立了桓楚王朝，但终为刘裕所灭，政权亦不过两年左右的时间。“言语门”所谓“御床微陷”，亦真是可算作事有先兆了。

当然，这都是史书的客观记载，还有更为惊绝的记载：在裴楷死的那一年，他家中的厨子给锅里下米时，发现米不是变成拳头的形状就是化成血，或者变成蔓菁菜；而在殷仲文死的那一年，他自己照镜子总是看不到自己的脑袋，过了几天就果然被刘裕杀掉了。这些，大致都是不能让人相信的，和“言语门”中所记载的两则故事相比，似乎就都有些虚妄了，但也不能藉此就说“言语门”中的两则故事就是真实地预见到了未来。

不管怎么说，裴楷与殷仲文，对于自己的主子，宽慰也罢，谄媚也罢，总之都是人情的常态，虽然事态的发展并不如他们所说的那样美好，客观上还都是截然相反，但他们的才情在魏晋人的眼里确实是够出色的了。不过，后来许多人读这两则故事，大多以为是谄媚得令人作呕的，如王世懋、王世贞等都有这样的批语，而越缦堂李慈铭甚至埋怨编撰者“临川之简编，夸其言语，无识甚矣”，看来实在是难以忍受这两位侍中谄媚的嘴脸了。

原文：

【言语2·19】晋武帝始登阼，探策得“一”。王者世数，系此多少。帝既不说，群臣失色，莫能有言者。侍中裴楷进曰：“臣闻天得一以清，地得一以宁，侯王得一以为天下贞。”帝说，群臣叹服。

【言语2·106】桓玄既篡位后，御床微陷，群臣失色。侍中殷仲文进曰：“当由圣德渊重，厚地所以不能载。”时人善之。

出仕之悔

翟汤是南阳人，周邵是汝南人，这两位河南人年轻的时候是好朋友，却一起跑到了寻阳，也就是今江西九江市附近的庐山隐居起来了。那时晋室南渡，北朝这边跑过长江愿做南朝臣民的人也比较多，而且庐山为天下名山，自然环境也好，因此亦好理解。不过，翟汤这人笃行在素、义让廉洁，他的隐士德名在社会上的影响实在是太大了，就连草寇也很敬佩而从不冒犯他。周邵和他在一起混，自然也不会差到哪里去。这两个人终于引起庾亮的关注，庾亮那时刚刚和温峤、陶侃他们平息了苏峻的叛乱，朝廷让他出任荆、江、豫三州刺史，而在自己的辖区有这样两位名士，以当时的风气和他的做派与权势，当然是要向朝廷竭力举荐的。

庾亮求贤若渴，史书上用了“束带蹑履”四个字来形容其探访他们二位时的庄重，可见态度是极为诚恳的，但他们的拒绝也是很坚决的，不过有一位最终还是屈服了。庾亮每次去见周邵，他刚从前门进，周邵则从后门出。有一次，庾亮突然造访，周来不及离去，二人就面对面坐了一天。饿了，庾亮向周邵索要吃的，周邵就拿出野菜粗食，庾亮也不计较，就高兴地努力进餐，并和他谈论社会局势。最后，庾亮终于说通了周邵，约定了要举荐他，共同担当辅佐世事的重任。翟汤则是滴水不进，根本没有商量的余地，给他国子博士的职位他也不干。周邵出仕以后，曾经去拜访翟汤，翟汤不和他说话，俨然是绝交的样子。后来，翟汤在家里死去了。

周邵出来做官，做到了镇蛮护军、西阳太守的级别，也是二千石的官员了，相当于现在的省部级，但他自视甚高，很不满意。有一天半夜里，他忽然感叹道："大丈夫竟然被庾亮出卖！"这一声长叹很要命，没过多久，他就引发背疮死掉了。

《世说新语》中有关周邵的故事就两则，一则在"栖逸门"，一则在"尤悔门"，参照刘孝标的注解，两个故事的内容大致就是上边译出来的样子。那么，庾亮举荐周邵做西阳太守的理由是什么呢？刘孝标注中保留了一封庾亮写与周邵的一封信："西阳一郡，户口差实。非履道真纯，何以镇其流遁？询之朝野，佥曰足下。今具上表，请足下临之无让。"原来是因为周邵有"履道真纯"的品性，所以朝野上下都认可他，举荐他是为了去解决"户口差实"的问题的。晋时设西阳郡，大致在今湖北黄冈一带，西阳郡也是南朝官方安置北方流民的主要郡县之一。

周邵埋怨庾亮出卖了自己，一方面来自于自我评价过高，做到了省部级还是"而不称意"，觉得自己的才具没有受到充分的认可；另一方面是对于官场生态的不适应和不满意，这个场子并没有他想象的那么好，那么容易生存。"侯门一入深似海"，再也不会回到他与翟汤在庐山脚下度过的日子了，所以懊悔和感叹，以至于引发背疮连性命也搭了进去。人生的道路就是这样，总也不会回到从前。

庾亮礼贤下士，费尽周折求人做官，最终还是招致了周邵的怨恨，想来似乎也是蛮不公平的，不过于他则为职责所系，亦无须多为置喙、评定盈亏。庾亮倒是仕途顺畅，王导、郗鉴相继去世以后，他本可以权倾一时，但由于他一直谋划的北伐事业落空了，也就实在没有做官的兴趣了，总之是推辞不就，终于抑郁而死，才活了五十二岁。看来封建时代的官场，实在也不是什么好的地方。

原文：

【栖逸 18·9】南阳翟道渊与汝南周子南少相友，共隐于寻阳。庾太尉说周以当世之务，周遂仕，翟秉志弥固。其后周诣翟，翟不与语。

【尤悔 33·10】庾公欲起周子南，子南执辞愈固。庾每诣周，庾从南门入，周从后门出。庾尝一往奄至，周不及去，相对终日。庾从周索食，周出蔬食，庾亦强饭，极欢；并语世故，约相推引，同佐世之任。既仕，至将军二千石，而不称意。中宵慨然曰："大丈夫乃为庾元规所卖！"一叹，遂发背而卒。

序里辛甘

左思的《三都赋》是文学史上的名篇，但它成为名篇的剧情却是比较曲折的。《世说新语》“文学门”中的一则故事记录说，《三都赋》刚写成的时候，当时的人交相讥讽诋毁，左思很不高兴。后来左思把它拿给张华看，张华是当时政治和文学上很有影响力的人物，看了很为赞赏，说：“这个文章可以和张衡的《二京赋》并列为三，相互媲美，然而你的文章还没有被当世看重，应该让高名人士推荐一下。”于是左思到皇甫谧那里征询意见，皇甫谧看了也赞叹不已，就为《三都赋》写了序文。这时情况发生了变化，那些原来交相非议的人，没有不敛襟示敬、赞叹夸奖这篇文章的。

《三都赋》是左思为魏、蜀、吴三国的都城所作的赋，委实也是下了功夫的。据说《三都赋》写了十年之久，这十年“门庭藩溷，皆著笔纸，遇得一句，即便疏之”，耗费了左思大量的时间和心力，但它却并没有得到时人的认可。经过张华和皇甫谧的推介，《三都赋》的命运才发生了根本性的变化，豪贵之家竞相传写。由于那时生产力低下，纸张少，于是洛阳城里的纸张也涨价了，这就是成语“洛阳纸贵”的来历。

当然，这也是一个典型的名人作序的范例。文章写出来，传情也好，载道也好，想为社会所认可，而作者的影响力又极其有限，于是就有了这样一个好办法——请名人作序。序这种文体，在魏晋时还不发达，至唐一代似乎就颇为成熟了，尤其是其中的一种——赠序，功能是送别或者推介友人的，很有些皇甫谧为左思作序的影子，就非常常见了。有人统计说，在韩愈的文集中，赠序性质的文字就有三十余篇。这种由名人作序的方法，在以后的文学史中成为一种普遍的文学现象。

我的小书《猎书记》出版的时候，自己原本就不想写序，亦不曾想着找名人来作序，等书要进厂印刷的时候，出版方也许考虑到经济效益方面的因素，说是他们可以给出版人朱晓剑说一说，并快速写一篇序文出来，而晓剑正好是这本书的策划人，爽然应诺，可谓倚马而就，当天即写了出来，我自然是高兴的。一般来说，名人作序，作为作者是应该“请”或“求”的，这是传统，亦为现实的情状，效果上确实是可以起到推荐作者、宣传作品的作用，“洛阳纸贵”的情况亦会时有发生，但以当今信息社会的实际境况看，这种现象终究还是少而又少了。

亦有名人主动为别人作序的。如一生从不为别人作序的钱锺书，却主动为钟叔河的《走向世界》一书作序，写信与他说：“弟素不肯为人作序，世所共知，兹特为兄破例，聊示微意。两周来人事猬集，今急写就呈上，请阅正。”连杨绛亦感慨着说：“他生平主动愿为作序者，唯先生一人耳。”如此，一生几乎不求人作序的钟叔河自然是感激的了。亦有主动为别人作序却把事情搞砸了的情况出现，如章诒和《往事并不如烟》中就记录说：“《散宜生诗》出版后，有位出名的作家问聂绀弩：‘老聂，拜读大作，佩服之至。不过我还想问问，你是怎么找到乔木，请他作序的？’聂倚案而立，怒气冲口而出，厉声切齿道：‘……我的书本来是好好的，就叫那篇序搞坏了！’”可见，聂绀弩是并不买胡乔木的账的。

实在是“杯中乾坤大，序里滋味多”，但像左思《三都赋》这样文序并美、名实相称，以至于出现“洛阳纸贵”的名人效应情状，而又能让人对文学与社会问题有所反思的现象，这在文学史上亦应算是极为个别的事例。然而，不管怎么说，无论序作得如何，是否由名人来作，作品总还是第一位的要素，思想内容和艺术形式总还须过历史这个关口才是关键。大浪淘沙，只有能够经得起时间考验的作品，才是真正的好作品。

原文：

【文学4·68】左太冲作《三都赋》初成，时人互有讥訾，思意不惬。后示张公。张曰："此《二京》可三，然君文未重于世，宜以经高名之士。"思乃询求于皇甫谧。谧见之嗟叹，遂为作叙。于是先相非贰者，莫不敛衽赞述焉。

谢安的失态

《世说新语》各门中，有关谢安的条目加起来，共有一百一十余条之多，在书中所记的数百人物中，其被记录下来的故事亦算是最多的。当然，谢安，也是魏晋时期非常重要的人物之一，他对于东晋王朝的中兴，尤其是淝水之战的胜利，发挥了举足轻重的作用。谢安的个人气质是全面的，性情闲雅温和，处事公允明断，既不专权谋私，又不居功自傲，而东山携妓，举重若轻，所以又有“江左风流宰相”的称谓，后人还称誉“他是中国历史上有雅量有胆识的大政治家”。通过史书的记载来看，这都是可以认可的。

不过，《世说新语》“尤悔门”中却是出奇地记录了他的一则失态的行为。故事说，谢安在会稽行船，奴仆掌舵，或慢或快，或停或等，甚至任其纵横，撞人触岸，而谢安也不会呵斥责骂，人们常常以为谢安无嗔无喜。然而那次是为兄长谢奕送葬回来，天黑又下起了雨，驾车的仆人喝醉了不能驾驭车马，谢安竟然从车厢中拿起车柱撞向驾车的仆人，声音、神色都很严厉。紧接着，编撰者又在故事后边加了一段议论：“水性是沉静柔和的，但进入狭窄的地段则会奔流激荡，好比人的性情，也就知道，处于窘迫急难的境地，是无法保持通常那种平和美好的性格的。”

这就是《世说新语》神奇的地方，它并没有因为要塑造一个有倾向性的人物形象而在题材的选择上为了保持某种纯粹性就单打一，只记录好的故事条目，或者只记录不好的故事条目，而是分门别类较为客观地把故事记录下来，留给读者去判断和玩味。这则故事被放置在“尤悔门”中，是说谢安的这种失态行为，作为官员是应该感到懊悔的。也就是说，工作人员喝多了酒，醉倒下来甚至于连“酒驾”亦不能操作了，但长官还是应该保持应有的雅量和风度，更是不能发脾气的，也不能有失态的行为。

这就是魏晋时期士人阶层极为看重的“雅量”，一种名士范儿。不过，有时与其说是在强调一种气度和修养，还不如说是在观看一种表演艺术。淝水之战取得胜利，消息传来，谢安正和客人下棋，看完书信，默然无语。客人问胜负如何，谢安说：“小孩子们大败贼兵！”其神色举止和平常并没有什么两样。这是“雅量门”中记录的一则故事。然而据《晋书》记载，谢安待客人离开后，棋罢回屋，过门槛时把屐齿打断了，因为高兴，自己也没有觉察。可见，虽然兴奋以至于失态，亦应是人性自然的事，但在客人面前，即便是表演，也还是应该保留一点气定神闲的姿态的。

“尤悔门”中的这则故事，后边附加了一段议论，这在《世说新语》的体例中是极为特别的个例。一般来说，书中的故事在用极为简洁的语言讲述完成以后，绝不会再有附加的内容的，议论自然也是不需有的，这是这部作品极为突出的一个特点。但这则故事却破例添加了评论，为谢安的失态行为以水性类比作了一些诠释，亦可算是别致的。凌濛初在读这则故事时曾批注说：“独此则忽入议论，跌宕可喜！”至于究竟是否跌宕、是否可喜，恐怕每个读者心中的感受是不一样的。若去掉议论，那么故事留给读者想象的空间是否会大一些，也说不定。

总的来说，在很久以前，人的气度和修养，社会就有一定的要求和约束了。

原文：

【尤悔33·14】谢太傅于东船行，小人引船，或迟或速，或停或待。又放船从横，撞人触岸，公初不呵谴，人谓公常无嗔喜。曾送兄征西葬还，日莫雨驶，小人皆醉，不可处分。公乃于车中手取车柱撞驭人，声色甚厉。夫以水性沈柔，入隘奔激，方之人情，固知迫隘之地，无得保其夷粹。

【雅量6·35】谢公与人围棋，俄而谢玄淮上信至。看书竟，默然无言，徐向局。客问淮上利害？答曰："小儿辈大破贼。"意色举止，不异于常。

德治为尚

桓温调任荆州刺史以后，一心想在江汉地区施行德政，不愿以威势、刑法威慑百姓，即使一些官员受到杖责，但刑杖也只是从官服上掠过。桓温的儿子桓式当时年龄还小，从外面回来，说："刚才从官署前过，看见令史受杖刑，上拂掠云脚，下擦过地足。"意思是讥讽杖责并没有打在身上。对此，桓温却说："我仍然嫌责罚太重。"

这是《世说新语》"政事门"中的一则故事。故事的核心是说桓温当时从政的指导思想是以仁德教化民众，以德治为尚的，对属下的宽恕已不惜以形式主义的危害为代价，以此来展示他的施政方略。这一点，连小孩子亦看得出，何况普通的老百姓了。故事言简意赅，层层递进，人物形象鲜活，穷尽物理超俗，编撰者的写作手法是非常高明的。

不过，关于这则故事的主人公，历来还是有些异议的。据余嘉锡《〈世说新语〉笺疏》所说："原文中'桓公'二字唐余知古撰《渚宫旧事》里都作'桓冲'。"桓冲，是桓温的弟弟，也就是说，这个故事是发生在桓冲身上，而并不是桓温。还有一个理由就是，两人经历相似，桓温是永和元年（345）由徐州刺史任上迁任荆州刺史的，而桓冲是在太元二年（377）自徐州刺史迁任荆州刺史的；故事中说主人公“耻以威刑肃物”，从人物性情上分析，其更像是桓冲的做派，而不是桓温。基于以上理由，因而故事主人公亦有桓冲一说。

《世说新语》千余年来版本较多，笺疏、笺注者代不乏人，出现这样一些异议实在是太平常不过。具体到这则故事，倘若从性情上判定主人公为桓冲，恐怕还难以站住脚。永和元年，桓温也就三十三岁，当时朝廷里两位权臣庾翼与何充两派争权，庾翼在病死前要将江汉重地的荆州交由儿子庾爰接掌，遭到何充的坚决反对，但朝廷还是把桓温派了过去。从后来的情况看，这一次转任对于桓温来说非常重要，荆州刺史一职实际上成了他逐步专权、独揽朝政的起步之地。桓温在荆州任上待了不到两年的时间，就上表朝廷请求伐蜀，很快就出兵平灭了成汉政权，控制了军权。从客观上讲，桓温在荆州的一半年里，年轻，事业上刚刚起步，施政方略以德治为尚是比较可信的，其性情上的雄强、霸道应该是慢慢成长起来的，因而仅从他与桓冲的性情比较进行判断，显然比较乏力。不过，仅以两人经历相似就简单地说主人公为桓冲，亦应该是站不住脚的。再说，故事中的另一个人物桓式——桓温的第三个儿子的出现，让桓温作为故事的主人公似乎也能显得更自然一些。还有就是，余嘉锡《〈世说新语〉笺疏》中说：“《世说》于温例称‘桓公’，于冲则称‘车骑’。以此考之，《旧事》为误。”就是说，从《世说新语》人物称呼习惯上亦可做出明确的判断。

但余嘉锡在最后又说：“《世说》属之桓温，乃传闻异辞，疑不能明，俟更详考。”我们看到的，其实是学问家做学问的严谨与较真罢了。除此而外，我们从阅读中得到的启示就是：以德治为尚，去教化民众，曾经是桓温早期的施政方略；以德政治天下，为官重在修德，在今天仍然有着积极的意义。

原文：

【政事3·19】桓公在荆州，全欲以德被江、汉，耻以威刑肃物。令史受杖，正从朱衣上过。桓式年少，从外来，云："向从阁下过，见令史受杖，上捎云根，下拂地足。"意讥不著。桓公云："我犹患其重。"

潜台词

何充在担任会稽内史，也就是会稽郡的最高行政长官时，虞存的弟弟虞謇担任郡主簿，掌管文书事务，因为何充接见的客人太多，身体劳累亏损，虞謇就想请示长官让他断绝那些一般的客人，而让仆役节制斟酌，选择可以通报的人。待书面报告写成以后，虞謇拿着去见虞存。虞存是何充的高级僚属，这时正和虞謇吃饭，遂对他说："报告写得很好，等我吃完饭再作批复。"吃完饭，虞存在报告上写道："如果能找到像郭林宗那样掌管传达的门亭长，就按你的意见办。你又从什么地方能找到这样的人？"于是，虞謇作罢。

这则故事出自《世说新语》"政事门"。事缓则圆，虞存没有急着在弟弟的书面报告上作出批示，而是先吃饭，这就有了一个缓冲的权衡时间。从饭后批示的内容看，虞存是承认有这样的现象存在，但又否定弟弟虞謇所提的建议，而且是用了一种比较委婉的方式——"是的，你的建议很好。但是，到哪里去找一个像郭林宗那样合适的门亭长呢？"

郭林宗何许人也？他原名郭泰，字林宗，东汉时期名士，博通典籍，擅长说辞，名重洛阳，被太学生推为领袖，死的时候还是蔡邕为他亲自撰写的碑文，可见影响是很大的。他还有一个特别的长处是识鉴人物，刘孝标注中说他“有人伦鉴识，题品海内之士，或在幼童，或在里肆，后皆成英彦，六十余人”。看样子，他确实像有特异功能一般，有把人才从凡俗中捞出来的本领，所以虞存用他来打比方也是合适的。但是，哪里又能找到第二个他呢？

《世说新语》中有关郭林宗的故事有三则，其中一则还是上面所引用的“政事门”中的故事，严格地说这不应该算作是他本人的故事。还有一则故事在“德行门”中，倒是可以看出他识鉴的水平的。故事说他到汝南去拜访袁阆，车不停驶，马不驻足；而去拜访黄宪，竟日以继夜，逗留了好几天。有人问他什么缘故，他说：“黄宪就像那浩瀚的万顷水塘，澄不清，搅不浊，他的气度渊深博大，难以测量啊。”因此，他多待了几日。

其实，虞存找了一个郭林宗的借口来阻止弟弟虞謇，不过只是表面层次的原因罢了，根本的原因还在于他对于长官的了解。《世说新语》“品藻门”中有一则故事说，何充做宰相时信任不值得信任的人，受到了人们的讥笑。刘孝标注引《晋阳秋》中的话说：“充所昵庸杂，以此损名。”意思是说何充平时为人处世，就是喜欢亲近那些庸杂的人和事，交往亦多是不做选择的。何充就是这样的性格，亦如余嘉锡所言——“其作会稽时，必已如此”，别人怎么能制止得了？而虞存作为他的高级僚属，经常在一起，难道就不清楚吗？所以，对于弟弟虞謇来说，在“郭林宗”这个借口之下的潜台词就是——你还是算了吧！

余嘉锡在读这则故事时对虞謇的作为还有另一层次的理解：“虞謇盖嫌其宾客繁猥，故欲加以节量，不独虑其劳损而已。”这样想来，也是合理的，作为僚属能不了解自己长官的脾性？其实，虞謇想说的是“你看你整天都见的是啥人”，但又不好明说，就只好借用“见客劳损”这个由头来规劝自己的长官了，显然亦是无用的。

机关工作者都明白“潜台词”一说，其实古人使用起来，也是游刃有余的。

原文：

【政事3·17】何骠骑作会稽，虞存弟謇作郡主簿，以何见客劳损，欲白断常客，使家人节量，择可通者。作白事成，以见存。存时为何上佐，正与謇共食，语云：“白事甚好，待我食毕作教。”食竟，取笔题白事后云：“若得门庭长如郭林宗者，当如所白。汝何处得此人？”謇于是止。

【德行1·3】郭林宗至汝南，造袁奉高，车不停轨，鸾不辍轭；诣黄叔度，乃弥日信宿。人问其故？林宗曰：“叔度汪汪如万顷之陂。澄之不清，扰之不浊，其器深广，难测量也。”

【品藻9·27】何次道为宰相，人有讥其信任不得其人。阮思旷慨然曰：“次道自不至此。但布衣超居宰相之位，可恨唯此一条而已。”

超俗的审美

宗白华在《中国艺术意境之诞生》一文中说，艺术境界介乎学术境界与宗教境界二者中间，它“以宇宙人生的具体为对象，赏玩它的色相、秩序、节奏、和谐，借以窥见自我的最深心灵的反映；化实境而为虚境，创形象以为象征，使人类最高的心灵具体化、肉身化”“艺术境界主于美”。在《世说新语》中，有很多的故事都能表现出晋人审美意识的自觉，几乎已经达到了艺术境界的高度，他们在生活中享受着美的滋养。

“言语门”中有一则故事说，支道林曾经养过几匹马，有人就说僧人养马不高雅，支道林回答说：“我看重的是它的神采焕发。”支道林的精神态度，一方面已经超越了实用的价值观，化实为虚，从具体的“马”身上提炼出了“神骏”的美供自己享受；另一方面亦超越了世俗的道德观念，为了美的自适而并不把俗世的讥讽放在心上。“任诞门”中有一则王徽之的故事，则更是把这种对于美的追求活动表现到了极致。故事说王徽之曾经暂借别人的空宅院落居住，随即命人种上了竹子。有人问他：“暂时住一住，何必如此烦劳？”他啸咏很久，直指竹子说：“怎么能一天没有这位先生！”他这种唯美的人生态度已经达到了“活在当下”的高度，用宗白华的话说就是，

“把玩‘现在’，在刹那的限量的生活里求极量的丰富和充实，不为着将来或过去而放弃现在价值的体味和创造”。竹子能给他带来怎样的美的享受呢？它雅致、清幽、坚挺而又凌冬不凋的精神气象，自然已经成为王徽之心灵深处的美感享受，所以他才说“何可一日无此君！”显然，这是超俗的审美意识的自觉。

就审美对象来说，上面两则故事中的马与竹都体现在琐碎的日常生活中，它们已经成为实际生活中的一类，使魏晋名士舍弃了世俗的实用价值观，以非功利性的审美视觉去观照它们的精神气质以自适我心，完全地成为一种纯粹的审美需要。在《世说新语》中，除却日常生活中的物什之外，魏晋名士也把山水风景作为自己的审美对象，也会把艺术兴趣与个体形象作为审美活动的重要内容，去完成自我审美意识的觉醒，都能够达到一种极高的美的艺术境界。如“言语门”中，“顾长康从会稽还，人问山川之美，顾云：‘千岩竞秀，万壑争流，草木蒙笼其上，若云兴霞蔚。’”本来是极为凡俗的山水风景，但在魏晋名士眼中却是艺术的、诗意的，能给人带来一种审美的愉悦，而且是超俗的。

这样的审美活动，有些看似执着的，抑或任性的，但他们内心深处则是自由而尊崇自然的。“言语门”中记录的另一则支道林的故事说，支道林喜欢鹤，他住在剡县东边的岇山时，有人送给他一对鹤，不久鹤的翅膀长硬了想飞起来，但支道林舍不得它们，就剪去了它们的翅茎。鹤张开翅膀不能再飞了，就回过头看看翅膀，垂下头来看上去很是懊丧的样子。支道林说：“它们既然有直上云霄的姿态，怎么肯成为人们当作耳目观赏的玩物呢？”于是等把鹤喂养到翅膀长好后，就放它们飞翔而去了。

不只是有着超俗的审美视觉，亦有着自由的、超俗的审美姿态，人与物、人与自然、人与艺术、人与人，似乎都有一种心理的默契，达到了一种美美与共的美的呈现，完全脱离了俗气的因子，完成了一个超俗的审美之旅。这就是《世说新语》中的故事带给读者的精神享受。

原文：

【言语 2·63】支道林常养数匹马。或言："道人畜马不韵。"支曰："贫道重其神骏。"

【任诞 23·46】王子猷尝暂寄人空宅住，便令种竹。或问："暂住何烦尔？"王啸咏良久，直指竹曰："何可一日无此君？"

【言语 2·76】支公好鹤。住剡东岇山。有人遗其双鹤，少时翅长欲飞。支意惜之，乃铩其翮。鹤轩翥不复能飞，乃反顾翅垂头，视之如有懊丧意。林曰："既有凌霄之姿，何肯为人作耳目近玩！"养令翮成，置使飞去。

文运兴衰话《语林》

刘义庆编撰《世说新语》这部志人小说，资料来源主要在三个方面，一是当时同类的记载人物言行的轶事小说，如西晋郭颁的《魏晋世语》、东晋裴启的《语林》等；二是当时的史书，如《魏书》《蜀志》《晋阳秋》等；三是当时的杂史类书籍，如《高士传》《逸士传》《列女传》等。清人叶德辉曾经整理过一个《〈世说新语〉注引用书目》，经他统计，在刘孝标注中的史书类大约有五十余种，杂史类大约有一百二十余种。刘孝标晚于刘义庆约五六十年，他们所见的资料，大致也不会出入太大。后人还统计，刘孝标注中所涉书目的数量在四百余种，只可惜约有九成至今已散佚不见了。

从一些资料看，裴启的《语林》对刘义庆的影响是超乎寻常的。裴启生活的时代和谢安、王珣等几乎相当，他的事迹《晋书》中没有记录，而墓志碑牒、金石尺牍中也没有看到他的片言只语，但他所编撰的《语林》在当时却是蜚声文坛的，甚至出现了风靡一时的"裴氏学"现象。关于《语林》这部书，《世说新语》中有两则故事记录了它的兴衰。同时，我们在刘孝标注中也才看到了作者裴启的些许境况，知道他是河东裴氏一族，父亲曾做过丰城县令。裴启年轻时即有才气风姿，擅长品评古今人物，编撰了《语林》数卷，并号曰《裴子》，俨然已成为一家之言了。

“文学门”中的这则故事说，裴启的《语林》刚问世就被远近的人们大为传颂，当时的风流少年无不传抄，几乎人手一份。其中，载录了王珣所作的《经黄公酒垆下赋》，特别有才华。故事不长，一方面可以看出《语林》勃兴于一时的热闹场景，另一方面则是赞誉裴启所选录的王珣的文章，特别能彰显作者的才华。这原本也没有什么，只是后来有了“关于《语林》的衰落，事关王珣”的这一句话，似乎就埋下了伏笔。

另一则故事被刘义庆放在了“轻诋门”，故事说庾龢告诉谢安，《语林》中记录了谢安称赞裴启和支遁。谢安却说：“完全没有这样的话，裴启不过是自己杜撰罢了。”庾龢不以为然，于是就陈述了王珣的《经黄公酒垆下赋》。读完，谢安完全不表示赏裁，只是说：“你竟然要做裴启这号人的学问！”从此，《语林》就被人们废弃了。现在存世的《语林》，都是先前的抄本，其中不再有谢安的话了。

因为谢安的表态，于是风靡一时的《语林》就衰落了。刘孝标注中引用《续晋阳秋》中的话做结论说：“谢相一言，挫成美于千载，及其所与，崇虚价于百金。上之爱憎与夺，可不慎哉！”一向大度的谢安丞相，为什么会有这样的表态呢？原来是出自于个人恩怨。王珣曾是谢安的女婿，因为失和，早已离婚，互不相干，而王谢两家交恶也已经很久了；庾龢是谢安的侄女婿，又赞誉王珣的赋而修“裴氏学”，自然引起谢安的反感了，所以谢安就有了这样的表态，《语林》于是衰落。

不过，一部文学作品的衰落仅仅把原因归之为权相的打压，显然理由是不充分的。周楞伽论及《太平广记》转引《殷芸小说》实多出于《语林》时，说：“《世说·文学篇》所记裴启作《语林》，‘始出，大为远近所传。时流年少，无不传写。’后因记谢安语，被安诋为不实，其书遂废，然读者仍欢迎不衰，传写者乃冠以《杂语》《杂记》《小史》等名，究其文，无不采自《语林》，故非《广记》从《小说》转引，反系《小说》从此类杂题书名中传袭《语林》之文也。”《语林》的衰落是有一个过程的，除了权力的打压而外，和它同类的文学作品的勃兴，如《世说新语》的问世等，此消彼长，也应该是一个重要的原因；还有一个就是中国传统史学价值观的影响——著史求真，谢安本人都不承认自己所说的话，作品的真实性是不是就有所怀疑了呢！

《语林》最终还是散佚了，有学者考证说，最早亡于北宋，最晚亡于南宋。但《语林》是有文史价值的，后来的学人就有人根据史料尝试着来复原它，如清道光年间济南学者马国翰《玉函山房辑佚书》中就有修复它的内容。后来，鲁迅以《玉函山房辑佚书》为底本采集史料，增加了三十余条，成就了《古小说钩沉》本子，其中收录《语林》条目一百七十九条。笔者手中收有一册浙江古籍出版社 2008 年 6 月出版的鲁迅《〈古小说钩沉〉手稿》，还能看到先生的手迹影印，堪慰人意。不过，据说周楞伽的辑注本现在是最全、最好的本子了。

原文：

【文学 4 · 90】裴郎作《语林》，始出，大为远近所传。时流年少，无不传写，各有一通。载王东亭作《经王公酒垆下赋》，甚有才情。

【轻诋 26 · 24】庾道季诧谢公曰：“裴郎云：‘谢安谓裴郎乃可不恶，何得为复饮酒？’裴郎又云：‘谢安目支道林，如九方皋之相马，略其玄黄，取其俊逸。’”谢公云：“都无此二语，裴自为此辞耳！”庾意甚不以为好，因陈东亭《经酒垆下赋》。读毕，都不下赏裁，直云：“君乃复作裴氏学！”于此《语林》遂废。今时有者，皆是先写，无复谢语。

芝兰玉树

在《世说新语》上百条与谢安相关的故事中，涉及谢安和子侄辈切磋学问、品评时世的话题也不少，从不同角度反映了谢安对族门子弟教育问题的重视。这与魏晋时期实行的门阀制度有很大的关系，朝廷选用官员施行的是九品中正制，士族子弟是未来的栋梁，是社会当然的统治者，所以在德行与才识方面都应该有很好的素养。谢安兄弟六人，他为老三，哥哥谢奕和谢据死得早，于是谢安也就自然承担起了子侄教育的重任；再加上他本身有着宏大的政治抱负，希望谢家的家族事业和门阀利益有效地延续，所以他对子侄辈教育问题的重视就很容易理解了。

本来就是这么一回事，也是很容易理解的。不过，《世说新语》“言语门”中的一则故事，通过谢安与谢玄叔侄二人的对话，却让人对子弟培养问题的理解有了更为温馨、更接地气的认识。故事说谢安问众子侄晚辈：“孩子们和自己的事有什么相干，而父母却一味地想让他们出人头地？”大家都没有说话，这时谢玄回答说：“这就好比是，都希望让芝兰玉树生长在自家的庭前阶下罢了。”

后来，明代的袁中道读这则故事还替谢安担心，批注说：“问者太难，未必能自了。”意思是提问题的人也不见得就能回答出来。但看小时候的谢玄，这回答真是太绝妙了。芝兰，就是灵芝、兰草；玉树，就是宝树，传说中的仙树。父母培养孩子，想让他们出人头地的心情，何尝不像是想让自家的庭前阶下生长着珍草宝树？既形象又贴切，而且与人的心理和审美意趣有着高度的吻合，却又回避了敏感的政治话题，回归到了普通人生活的常态，实是妙绝。所以，自此以后，谢玄的“芝兰玉树”就成了一个成语，比喻德才兼备而有出息的子弟，千百年来一直被人们广泛使用着。

谢玄是谢安长兄谢奕的儿子，他的姐姐谢道韫是东晋有名的大才女，王羲之的儿媳妇，谢安对这两位侄辈人物是非常器重的。从史料上看，这二位在谢门一族子弟中也是最为出色的。谢玄后来从政，他人生的一个亮点就是为东晋王朝组建、训练出了一支精锐部队——“北府兵”。在著名战役淝水之战中，谢玄与叔父谢石、从弟谢琰等人领导这支北府兵与前秦苻坚作战，以少胜多，取得了淝水决战的胜利。不久，刘裕代晋称帝，建立刘宋王朝，这支北府兵仍然发挥了重要的作用，而在刘宋王朝保留的极个别的几个前朝的封爵中，谢玄也是一个。

谢安对子侄辈的教育与培养非常成功，他自己也是感到非常满意的，这一点我们从一些故事中也能体会出来。当淝水之战胜利的消息传来，谢安正与人下棋，看完书信，默然无语。客人问胜负如何，谢安说：“小孩子们大败贼兵！”其神色举止和平常并没有什么两样。“小儿辈大破贼！”这是一句多么自信而又自负的话！“芝兰玉树，生于庭阶”，谢安付出了辛苦，但也收获了快乐。我们后来的人，现在读着这些前人的故事，也是感到快乐的。当然，对于谢玄，倘能生儿如此，也是足慰人意了。

原文：

【言语 2 · 92】谢太傅问诸子侄："子弟亦何预人事，而正欲使其佳？"诸人莫有言者，车骑答曰："譬如芝兰玉树，欲使其生于阶庭耳。"

望尘兴叹

《世说新语》“轻诋门”中的一则故事说，庾亮的权势很重，足以压倒王导。庾亮领兵驻扎在石头城，王导在冶城中坐，大风扬起尘土，王导用扇子拂去尘土说：“庾亮的尘土把人弄脏了。”

王导是东晋一朝的老臣，在琅邪王氏一门是王羲之的叔伯一辈，他历经元帝、明帝、成帝三朝，也曾做到丞相的高位。不过，在晋明帝驾崩以后，庾太后临朝，虽说是庾亮和王导等人共同辅政，其实因为庾亮特殊的身份，太后的兄长、皇帝的舅舅，军政大权集于一身，所以朝堂之事终究还是他说了算。两人政见不一，最突出的一个事例是，庾亮不顾王导等人反对，执意征召苏峻入京，而后苏峻起兵谋反，晋王朝连都城建康也丢了。经过两年的战争，朝廷终于平息了叛乱，这就是有名的苏峻之乱。王导作为老臣，对庾亮拥兵自重的气势实在是不满的，因而他坐在丹阳郡治所的冶城，望着大风扬起的尘土，也会借题发挥并轻蔑地调侃起驻扎在都城西边军事重镇石头城中的庾亮来，说是庾亮的尘土把人弄脏了。其实，除了轻蔑之外，也许还有无奈的成分在里边吧。

另一则极为相似的故事则在“方正门”中，故事说韩伯处于病中，拄着手杖在庭堂前消遣，看见谢家各户都是富贵人家，道路上车辆往来发出轰隐的声音，于是感叹道："这和王莽当政的时候状况有什么两样！"

陈郡谢氏一族，自谢尚、谢安开始发迹，尤其是淝水之战胜利以后，诸谢封侯拜相，显赫一时，完全成了东晋时期的名门望族。韩伯，则是殷浩的外甥，是著名的玄学家、训诂学家，用心于文艺，思辨于老庄，官也做到了吏部尚书、领军将军的高位，是东晋时期的名士之一。诸谢的富贵，车辆"轰隐交路"，一派繁荣的景象，完全是点钞机也要烧坏了的样子，而这让病中的韩伯愤愤然了，"此复何异王莽时？"汉时王莽外戚掌权，亲族皆拜官封侯，后来还篡汉建立了新朝。韩伯以此喻彼，亦算是够损的了。

封建时期的官场就是这样，有太多的轻蔑和无奈，亦有太多的愤懑和叹息。殷浩曾经评论自己的这位外甥说："韩伯很少标榜宣扬自己，显然是出类拔萃的人才；等到他开口说话发表议论时，往往颇有意味和情趣。"这段话在《世说新语》"赏誉门"中，再看书中其他有关韩伯的故事，此论大致还是不错的。上边的故事中，以诸谢比之于王莽，亦应算是"有情致"了，但愤懑之态终究让人刮目相视，搞不清是在病中情绪不好，还是真让诸谢的富贵繁华气得发糊涂了？

相比之下，王导就要温厚许多了。以实际情况看，彼时东晋王权本质上已在庾氏一门，但王导望尘兴叹，对于权贵倒是轻蔑与调侃的成分要多一些，亦能看出他的为人处世终究还是宽恕的气量占了主导的地位。王导晚年不怎么料理政务，只在文书上画诺，还叹息说："人们说我糊涂，后人会思念我的糊涂的。"除了性情之外，是当时的政治局势让他不得不这样了。

人事有代谢，往来成古今。韩伯之怒，王导之叹，时飞千年，风流总被雨打风吹去，都化作烟云尘土，成了书中的故事，真让人对时间这位艺术大师不得不心存敬畏了。

原文：

【轻诋 26 · 4】庾公权重，足倾王公。庾在石头，王在冶城坐。大风扬尘，王以扇拂尘曰：“元规尘污人！”

【方正 5 · 57】韩康伯病，拄杖前庭消摇。见诸谢皆富贵，轰隐交路，叹曰：“此复何异王莽时？”

【赏誉 8 · 90】殷中军道韩太常曰：“康伯少自标置，居然是出群器；及其发言遣辞，往往有情致。”

挖坑

挖坑，本来是盛行于西北地区的一种纸牌游戏，三人或四人玩都可以，其中的一人通过叫分，用自己手中已有的牌，加上埋住的四张暗牌，与同桌其余人对抗，而对抗双方争先出完各自手中的牌，先出完者为胜。但“挖坑”一词，在实际生活中人们又赋予了它极为民俗化、口语化的意义，包含有欺诈、预设陷阱等含义在里边，并得到了广泛应用。

《世说新语》“假谲门”中就记载有一则孙绰给王述一家“挖坑”的故事。故事说，王坦之的弟弟阿智愚顽恶劣得厉害，年龄已大无人肯与他结亲。孙绰有一个女儿，也是乖邪悖理，几乎没有出嫁的希望。孙绰于是就去拜访王坦之，要求见见阿智。见面后，孙绰便虚伪地说：“这人确实可以，完全不像人们所传言的那样，怎么至今没有娶亲的对象？我有一个女儿，还不错，只是我一个寒士，不适宜和你提此事，我想让阿智娶她。”王坦之高兴地告诉父亲王述说：“孙绰刚才来过，忽然谈及想与阿智结亲。”王述十分惊喜。成婚后，女子那冥顽愚妄、不讲道义的行为，是要超过阿智的。王家这才知道，这是受了孙绰的欺诈。

要说这两家，也都是高门望族，旗鼓相当，而且也同是山西太原人氏。王述是东海太守王承的儿子，王承早死，他承袭父爵拜蓝田侯，所以人们也称他为王蓝田。他在会稽内史任上，母亲死了，离职守孝，接替者就是王羲之，但王羲之看不上他，两人关系搞得不好。待他守孝期满，又升任扬州刺史，成为王羲之的顶头上司，逼得王羲之称疾辞职了。后来，他官至尚书令、散骑常侍。孙绰则比王述小十来岁，也是承袭父爵拜长乐侯。他年轻时不想做官，放浪山水，写了一篇《遂初赋》以述其志，然而后来还是出仕了，任尚书郎时在皇帝身边处理政务，曾担任过永嘉太守、散骑常侍。有一段时间，孙绰在会稽居住，和王羲之、谢安等人常相往来，他们都是著名的兰亭雅集的主要成员。同时，他也是魏晋时期玄言诗的代表诗人之一。在儿女婚事的问题上，两家遇到了同样的难题，不过孙绰还是主动出击了：作为女方的父亲，为了女儿的婚事，违背正常的社会伦理，体面地先叫了牌，然后不显山露水地以诡诈欺骗的手段达到了个人的目的。

“假谲”的意思就是虚伪、诡诈，“谲”还有绕着弯子说话的含义，通俗地说就是“挖坑”，即通过坑蒙拐骗的手段以达到个人的目的。“假谲门”中的故事大致都能体现出这个人性的阴暗面，有朋友之间相互挖坑的，有官员与部下之间纠缠挖坑的，等等，不一而足，好像都有了负面的意义。不过，“假谲门”中的第二则故事是一个著名的成语典故。说曹操行军途中找不到取水的地方，军士们都口渴难忍，于是他传令说：“前边有一大片梅林，果子很多，又甜又酸可以解渴。”士兵们听了以后，口中全涌出口水来。乘这个机会，大军得以赶到前面有水源的地方。这就是“望梅止渴”这一成语的由来。如果再从这个故事看去，“挖坑”有时似乎不仅仅就只有消极方面的意义了。

原文：

【假谲 27 · 12】王文度弟阿智，恶乃不翅，当年长而无人与婚。孙兴公有一女，亦僻错，又无嫁娶理。因诣文度，求见阿智。既见，便阳言："此定可，殊不如人所传，那得至今未有婚处？我有一女，乃不恶，但吾寒士，不宜与卿计，欲令阿智娶之。"文度欣然而启蓝田云："兴公向来，忽言欲与阿智婚。"蓝田惊喜。既成婚，女之顽嚚，欲过阿智。方知兴公之诈。

【假谲 27 · 2】魏武行役，失汲道，军皆渴，乃令曰："前有大梅林，饶子，甘酸，可以解渴。"士卒闻之，口皆出水，乘此得及前源。

谢万的傲慢

谢万是谢安的兄弟，他人生最辉煌的时候，是在晋穆帝升平二年（358），即大哥谢奕死的那一年。这一年，他身兼数职，升任西中郎将、豫州刺史、持节、监司豫冀并四州诸军事，领淮南太守，而这时谢安还没有出仕，正在东山一带游山玩水。但是好景不长，次年，谢万与北中郎将郗昙兵分两路北伐前燕，大败，自己单骑逃还，被废为庶人，人生由极盛跌落至低谷。由此，谢安出山，这也应该算是一个重要的原因。再过了两年，朝廷又起复谢万为散骑常侍，不想他却死去了，于是也只好将散骑常侍作为赠官与他，他也才活了四十岁多一点。

这个人活着的时候是极其傲慢的，在《世说新语》“简傲门”的十七则故事中，他一个人就占了三则。他的傲慢有时比较出格，如有一则故事说，他有一天头戴白色纶巾，乘坐着类似于后来轿子一样的肩舆，来到扬州府大厅，见到岳父王述，就只说道：“人们说君侯痴，君侯确实痴。”王述为人实在，还真给女婿面子，回答说：“并非没有这种评论，只不过就是迟得美名而已。”他的傲慢有时也比较要命，如另一则故事说，他在北征前燕时，常常以啸咏显示自己的高贵，从不体恤将士。谢安对他说：“作为元帅你不能这样，要经常和将领们吃吃饭，加深一下感情。”他就照着做了，但不说话，只是用如意指着四座说：“诸位都是精壮的兵士。”搞得大家非常愤恨他。等他兵败的时候，军中有人就想杀掉他，但看着谢安的面子，还是放过他了。

在“雅量门”中，他的一则故事则让人读来大跌眼镜。故事说东晋僧人支遁要回到会稽去，当时的名流、贤达都到征虏亭为其送行。蔡系先到，就靠近支遁坐着；谢万后来，座位就稍微远一些。蔡系暂时起身离开了一下，谢万就移到了他的位置。蔡系回来，一看谢万占据了他的位置，于是连座褥一起把谢万举起来摔在地上，自己又坐了回去。谢万的帽子和头巾都倾斜脱落了，只见他慢慢爬起来，抖抖衣服归座，神态很平静，没有嗔怒沮丧的表现。等他坐好后，他对蔡系说：“你是个怪人，险些碰伤我的脸。”蔡系回答说：“我本来就没考虑你的脸会如何！”故事就是这样，读来让人觉得实在是很无趣的。谢万大致平素里傲慢惯了，亦不把尊重别人当回事，不想棋逢对手，就弄出了这样的囧事。编撰者在这则故事后边加了一句话——“其后二人俱不介意”，好像是在说二人的高风亮节似的，所以就把它放在了“雅量门”中，倒也还真能算是典型人物的典型事件了。

在魏晋时期，统治阶层为了笼络人心，他们对士人倨傲不恭、慢世任诞的姿态是暂时容忍的，因此以此为清高、时尚的做派就成为魏晋风度的重要内容，也就司空见惯了。他们有的崇尚老庄，追慕旷达，不拘礼法而傲慢自放；有的因门第优越而凌人傲物；有的以玩忽职守为飘逸方外而为官不问政事，标榜超凡脱俗就目空一切；有的自命清高、故作姿态而轻慢于人，等等，不一而足。所以，谢万作为陈郡谢氏一门子弟，心性使然也罢，故弄玄虚也罢，他平素傲慢的做派就是很容易理解了。

尽管如此，当时还是有人对此持有藐视和批评的态度。“简傲门”中的一则故事说，谢万在兄长面前想要起身拿取便壶，当时阮裕在座，阮裕就说：“这种新兴的大家族，忠厚诚实却不懂礼节。”阮裕的祖先在东汉时就已经跻身于大族的行列了，接受过很好的家族教育，所以他对谢万这种不讲礼节的行为极其反感。当然，谢家在谢安的祖父谢衡时期不过是西晋的国子祭酒，至父辈谢鲲才逐渐发达，至谢安才官拜丞相，因而谢家在阮裕眼里不过是“新出门户”罢了。人谓“三十年可以培养一个富豪，但三代人不一定能培养一个贵族”，看来确实是有道理的。

原文：

【简傲24·9】谢万在兄前，欲起索便器。于时阮思旷在坐，曰：“新出门户，笃而无礼！”

【简傲24·10】谢中郎是王蓝田女婿，尝箸白纶巾，肩舆径至扬州听事，见王，直言曰：“人言君侯痴，君侯信自痴。”蓝田曰：“非无此论，但晚令耳。”

【简傲24·14】谢万北征，常以啸咏自高，未尝抚慰众士。谢公甚器爱万，而审其必败，乃俱行，从容谓万曰：“汝为元帅，宜数唤诸将宴会，以说众心。”万从之。因召集诸将，都无所说，直以如意指四坐云：“诸君皆是劲卒。”诸将甚忿恨之。谢公欲深著恩信，自队主将帅以下，无不身造，厚相逊谢。及万事败，军中因欲除之。复云：“当为隐士。”故幸而得免。

【雅量6·31】支道林还东，时贤并送于征虏亭。蔡子叔前至，坐近林公。谢万石后来，坐小远。蔡暂起，谢移就其处。蔡还，见谢在焉，因合褥举谢掷地，自复坐。谢冠帻倾脱，乃徐起，振衣就席，神意甚平，不觉瞋沮。坐定，谓蔡曰：“卿奇人，殆坏我面。”蔡答曰：“我本不为卿面作计。”其后，二人俱不介意。

书圣的晚年生活

《世说新语》“仇隙门”中有一则故事说，王羲之一贯看不起王述，但王述晚年在社会上的声誉越来越高，他更是愤愤不平。王述在会稽郡时母亲亡故，就住在山阴县料理丧事。当时，王羲之取代他成为会稽内史，多次说要去吊丧，却就是一天天拖着没有结果。后来，王羲之登门自相通报，主人已经哭了起来，他却不进去会面就走了，以此来凌辱王述。从此二人深结仇怨。再后来，王述出任扬州刺史，王羲之还在会稽内史任上，王述却成了他的顶头上司。当初得到这一消息时，王羲之曾派一名参军到朝廷去，请求把会稽郡从扬州分化出来成立越州，结果派去的人领会错了他的意图，深被当时的名流所讥笑。王述密令部属数说会稽郡诸多不法行为，因为原有仇怨，便让他自己采取相宜的办法处置。于是，王羲之称病辞去郡守之职，因愤慨竟至命终。

这段故事虽短，但基本上把王羲之的晚年生活，特别是晚年的职场生活情况交代清楚了。可以看到，因为王羲之的嫉妒之心以及无礼行径，再加上造化弄人，所导致的“二王交恶”事件直接改变了书圣晚年的生活轨迹和心情，并“以愤慨致终”。不过，这段时间里，一个非常重要的文化事件必须关注，那就是发生在晋穆帝永和九年暮春之初，王羲之在会稽内史任上主导和组织了谢安、孙绰等四十余人参加的兰亭雅集，成就了被后人称为“天下第一行书”的《兰亭集序》。永和十年（354），王述服母丧结束后代替因北伐失败而被废为庶人的殷浩担任扬州刺史，这时他们二人已经交恶，“天下第一行书”业已产生，而王羲之在文章中所发出的人生感喟倘以当时他自己所处的环境来看，是比较容易理解的。王羲之晚年称疾辞职是在永和十一年（355）三月，据《晋书·王羲之传》中记载说，他专就此事到父母墓前起誓，以表明自己的决心和痛楚之情，并且埋怨自己的儿子们不如王述的儿子王坦之有出息，所以才导致自己和王述有了很大的差距。可见，他的内心是非常痛苦的。

王羲之辞职之后的生活在《晋书·王羲之传》中亦有较大篇幅的记载。那时，王羲之和吏部郎谢万关系很好，有事无事就会写手札与他，实在也像今天的人们喜欢发微信通报自己的生活情况一样。如“顷东游还，修植桑果，今盛敷荣，率诸子，抱弱孙，游观其间，有一味之甘，割而分之，以娱目前。虽植德无殊邈，犹欲教养子孙以敦厚退让。或以轻薄，庶令举策数马，仿佛万石之风。君谓此何如？”“比当与安石东游山海，并行田视地利，颐养闲暇。衣食之余，欲与亲知时共欢宴，虽不能兴言高咏，衔杯引满，语田里所行，故以为抚掌之资，其为得意，可胜言邪！常依陆贾、班嗣、杨王孙之处世，甚欲希风数子，老夫志愿尽于此也。”大致也就是和儿子王操之从会稽蕺山搬家到了金庭，和许询、支遁等名士游山玩水，修服药石，建书楼，植桑果，教子弟，赋诗文，作书画，以放鹅弋钓为娱。这样的生活大致过了六年之久，王羲之就死了，活了五十九岁。在他死后，朝廷赠他金紫光禄大夫爵位，儿子们遵其遗嘱，还是拒绝了。

王羲之在当时的声名虽然显赫，但并不如后世予他的耀眼与炽烈。就说他写的《兰亭集序》，在《世说新语》“企羡门”中有记载说，当他得知有人以之与石崇的《金谷诗序》相比，便流露出非常欣喜的神色。《金谷诗序》早《兰亭集序》半个世纪，现在我们几乎就不知道还有这样一个伟大的作品了。再说他“书圣”的得名，大多是来自于梁武帝与唐太宗等人的极力推崇才有的，最早亦应该是唐以后的称誉。尽管如此，从客观上讲，以王羲之为代表人物的魏晋帖学行草流美书风，至今仍然是中国书法史上抒情尚韵的文人书法的高峰和典范，从笔墨技法到神采意韵都达到了一个后人难以企及的高度，王羲之已然是不朽了。

原文：

【仇隙 36·5】王右军素轻蓝田，蓝田晚节论誉转重，右军尤不平。蓝田于会稽丁艰，停山阴治丧。右军代为郡，屡言出吊，连日不果。后诣门自通，主人既哭，不前而去，以陵辱之。于是彼此嫌隙大构。后蓝田临扬州，右军尚在郡，初得消息，遣一参军诣朝廷，求分会稽为越州，使人受意失旨，大为时贤所笑。蓝田密令从事数其郡诸不法，以先有隙，令自为其宜。右军遂称疾去郡，以愤慨致终。

【企羡 16·3】王右军得人以《兰亭集序》方《金谷诗序》，又以己敌石崇，甚有欣色。

甄氏之死

关于甄夫人,《世说新语》“惑溺门”中的第一则故事说,魏文帝曹丕的甄皇后聪明而又有姿色,先前是袁熙的妻子,很受宠爱。曹操攻破邺城屠城时,下令迅速召见甄氏,左右侍从说:“曹丕已经把她带走了。”曹操说:“今年打败袁贼,正是为了她。”

“惑溺”,就是沉迷不悟的意思。“惑溺门”共记录了七则故事,大致是说人沉迷于声色、财富、嫉妒、情爱里面而无所节制、不能自拔的。倘以此来理解,则这则故事就是说曹氏父子都是好色之徒,即使父子之间也不会有所谦让。不过,曹操的这种说法可能还是带有一些调侃和夸张的味道的,但从另一方面来说,则更是衬托出了另一个人物甄后“惠而有色”的鲜明特征了。

甄氏,人们习惯上称她为甄夫人,她的真实的名字是什么,史书上并没有确切的记载,而《三国志·魏书》中关于她的传记文字里名字也是缺失的,但从记载的内容看,她的身世和事迹却还算比较全面。甄氏是中山无极人,也就是今河北无极县一带人氏,家族自汉时一直世袭着二千石的爵位,父亲是上蔡令甄逸。她成年后,袁绍为次子袁熙迎娶她作为妻子。建安九年(204),曹操攻打邺城,城破,甄氏被曹丕纳为妾室,文首所引“惑溺门”中的故事就说的是这一档子事。曹丕最初还是宠幸她的，她为曹丕生了儿子曹叡和女儿东乡公主，而曹叡即是后来的魏明帝。

甄氏命运的转变，大致应是在建安二十五年（210）。那一年，曹操死了，曹丕继任为魏王，因为征战，甄氏就一直被留在邺城。没几个月，曹丕逼迫汉献帝退位而成为皇帝，史称魏文帝。其时，曹丕在洛阳后宫亦宠幸多人，甄氏则仍在邺城，却还是夫人的封号，而没有被立为皇后。此时内廷宫斗激烈，甄氏失意，于是就有怨言传出，再加上文帝宠幸的贵妃郭女王的进谗陷害，文帝终于大怒，次年六月即派遣使者至邺城赐死于她，其后葬在邺城。据说，甄氏殡葬时披发遮面，以糠塞口，让她无颜见人，以惩罚她口出怨言的罪过。

根据甄氏的传记所载事迹，可以看出她是一位明达而贤惠的人，救济乡里，孝顺婆婆，不管是在袁家还是在曹家，都是以贤内助的形象出现而让人感受很深，只可惜她的命运不济，就那样凄惨着死去了。还有一种说法是，在曹丕、曹植兄弟王位之争中，甄氏钦佩曹植的文士气质和风骨，处处维护曹植，因此成为权力斗争的牺牲品。而曹植所写《感甄赋》，后来魏明帝改其名为《洛神赋》，就是来纪念她的，并赋予了甄夫人以洛神的美称，因而亦有资料说她的名字叫甄洛。

甄氏死后五年，曹丕驾崩，曹叡即位，追封母亲为“文昭甄皇后”，所以“惑溺门”中的故事称她为“魏甄后”。几年后，曹叡又感于母亲生前的冤屈和死后葬地的简陋而迁葬甄氏于朝阳陵（在今河南安阳一带），这样距离都城就近了许多。《世说新语》“言语门”中的一则故事也记录了曹叡对母亲的思念之情。故事说魏明帝在甄家后园为外祖母建造馆舍，造好之后，他亲自去查看，问左右随从说：“这个馆起个什么名字才好？”侍中缪袭说：“陛下圣明的思虑与贤明的君主相同，孝心无穷无尽，远远超过了曾参和闵子骞。这馆舍的兴建倾注了对舅家的深情厚谊，所以应当用‘渭阳’来命名。”《渭阳》是《诗经·秦风》中的一首诗，为春秋时秦康公思念母亲之作，其《诗序》中说康公“我见舅氏，如母存焉”，后来的人们就用“渭阳”来表示母亡之后甥对舅的情谊。

再说这曹丕从父亲曹操手里抢先一步夺走甄氏也绝不是孤例。《世说新语》“贤媛门”有一则故事记载说，曹丕病重时，生母卞太后来探望，进门看见当班服侍的人都是曹操过去宠爱的人，就问这些人是什么时候过来的？回答说是“正在为武帝招魂时过来的”。卞太后于是停下脚步，骂曹丕道：“狗鼠不如的东西，确实该死！”曹丕举行葬礼时，卞太后也没有去哭吊。可以想见，甄氏的命运是这个样子，那么多曹操过去宠爱的人命运又能好到哪里去呢？

原文：

【惑溺35·1】魏甄后惠而有色，先为袁熙妻，甚获宠。曹公之屠邺也，令疾召甄，左右白：“五官中郎已将去。”公曰：“今年破贼，正为奴。”

【言语2·13】魏明帝为外祖母筑馆于甄氏。既成，自行视，谓左右曰：“馆当以何为名？”侍中缪袭曰：“陛下圣思齐于哲王，罔极过于曾、闵。此馆之兴，情钟舅氏，宜以‘渭阳’为名。”

【贤媛19·4】魏武帝崩，文帝悉取武帝宫人自侍。及帝病困，卞后出看疾。太后入户，见直侍并是昔日所爱幸者。太后问：“何时来邪？”云：“正伏魄时过。”因不复前而叹曰：“狗鼠不食汝余，死故应尔！”至山陵，亦竟不临。

曹操与歌妓

鲁迅先生在《魏晋风度及文章与药及酒之关系》一文中说:“其实,曹操是一个很有本事的人,至少是一个英雄,我虽不是曹操一党,但无论如何,总是非常佩服他。”在《世说新语》中,有关曹操的故事几近二十则,而小说被认为是一个民族的秘史,从这些故事中多少亦能领略出一些曹操的“英雄”本色来。

“忿狷门”第一则故事就说,曹操有一个歌妓,声音最是清脆高亢,然而性情极其暴躁。曹操想杀掉她吧,又怜惜她的才华;要留着她,又不能忍受她的脾气。于是,曹操挑选了一百人,同时放在一起学习训练。不久,果然有一个歌妓的声音可以比得上她,就把那坏脾气的歌妓杀掉了。

曹操与歌妓,可以说有很深的渊源。他年轻的时候,在老家谯县遇到歌妓卞氏,看上了她,就纳了妾。在他的几位夫人中,卞氏最为贤惠,帮助曹操处理家国事务,每为曹操所欣赏,所以曹操也愿意把后宫的事务交与她来管理。卞氏又为曹操生养了曹丕、曹植众兄弟,也算是芝兰玉树一般的人物,因而她的地位自曹操、曹丕直至魏明帝曹叡时,就王后、太后、太皇太后地一路攀升,也可以说是一个歌妓成就辉煌人生的典范了。除此而外,曹操年轻时也喜欢到花柳巷里游荡，做典军校尉时亦曾为心仪的歌妓折腰。后来，他有了军政大权，当然更是排场多了，成立随军抑或宫廷的歌舞团供他享乐则为极其自然的事。曹魏集团北征、东进胜利后，在邺城打造娱乐场所铜雀台，曹氏父子与文武百官觥筹交错、对酒高歌，大殿上鼓乐喧天、歌舞拂地，盛况空前，整天沉醉于笙歌埙舞之中也是历史上极为有名的风流事件。因此，“忿狷门”中所记载的故事，从历史背景看，可信度还是比较大的。

这则故事中，曹操在性格特点上至少有三种表现：爱才、嗜杀、奸诈。曹操的爱才是出名的，而且胆子很大，连鲁迅也说“曹操征求人才时，说不忠不孝不要紧，只要有才便可以”。这一点从曹操不择手段招揽人才，以及帐下强大的人才阵容也能看出，所以曹操怜惜一个歌妓的才华也是性格使然。但他又喜怒无常，不能容忍歌妓酷恶的性格，所以以他的做派，自然也就暴露出了他的另一个鲜明的性格特点——嗜杀。在《世说新语》“假谲门”中的故事里，他嗜杀的本性在自己所宠幸的身边人身上也是有所表现的，而且性质极其恶劣，以至于“假寐杀人”，更不要说是一个歌妓了。其实，在这位歌妓身上，曹操嗜杀的性格又受到了爱才的牵制，于是他的本性又暴露出了另一个特点——奸诈，也可见其工于心计，手段精准，直至杀之而后快。在历史上，曹操的奸诈亦是出名的，以至于还有“奸雄”的称号。总之，从这则小故事亦能看出他是一个“很有本事的人”。

在歌妓一方看来，有才总还是很好的事，但有一个“酷恶”的性情却是极为致命的，不管这种性情是天性使然还是恃才放任，而遇到这样一位嗜杀的主子，则完全是天大的罪过了。歌妓有才，倘若发挥得好，未尝不会成为第二位卞夫人，但这样的机缘却还是因为她“酷恶”的性情而错过了，实在是让人觉得可叹与可惜。所以，在单位不要惹上司，有才亦不可任性，当下的聪明人大多都是明白的。

原文：

【忿狷 31 · 1】魏武有一妓，声最清高，而情性酷恶。欲杀则爱才，欲置则不堪。于是选百人一时俱教。少时，还有一人声及之，便杀恶性者。

【假谲 27 · 3】魏武常言："人欲危己，己辄心动。"因语所亲小人曰："汝怀刃密来我侧，我必说'心动'。执汝使行刑，汝但勿言其使，无他，当厚相报！"执者信焉，不以为惧，遂斩之。此人至死不知也。左右以为实，谋逆者挫气矣。

【假谲 27 · 4】魏武常云："我眠中不可妄近，近便斫人，亦不自觉，左右宜深慎此！"后阳眠，所幸一人窃以被覆之，因便斫杀。自尔每眠，左右莫敢近者。

俗物败兴

“竹林七贤”是一个比较别致的社会团体，它的典源出自《世说新语》“任诞门”。其文字表述说，陈留阮籍、谯国嵇康、河内山涛三人年龄相仿，嵇康稍小一些，而参与这一聚会的人还有沛国刘伶、陈留阮咸、河内向秀、琅邪王戎。这七人常常在竹林下聚会，毫无顾忌地开怀畅饮，所以世人称他们为“竹林七贤”。后来的许多学者，都从学术的角度考证它的渊源，实际上是复杂化了，因为这段文字表述得非常清楚，“七人常集于竹林之下，肆意酣畅，故世谓‘竹林七贤’”。而所谓“贤”，也不过是一概而论，倘若细究，亦有“不贤”者。据说他们七人中，王戎就是最为鄙俗的一位。

王戎的鄙俗，表现是多方面的，限于篇幅，本篇文字就仅仅局限地关注于他的吝啬品性。《世说新语》“俭啬门”中的故事是说人的节俭和吝啬的，故事共九则，王戎一个人就占去了四则，也算是夺花魁了。故事都简短，大致罗列一下就是：他的侄儿结婚，他送了一件单衣作为贺礼，后来又要了回来；他家有上好的李子，卖出去恐怕别人得到树种，就总是先钻破果核才卖；他的女儿嫁给了裴頠，向他借了几万钱，女儿回家后，他一脸的不高兴，女儿赶紧把钱还给他，他不高兴的神色才消失了；他地位显贵且富有，家宅、仆婢、肥田、农具等富有程度在洛阳城里是没有人能比得上的，券契账簿也十分繁多，而且常常和夫人一起在烛光下摆开筹码算账。这些故事都是生活中的小事，但读起来也能让人会心一笑，对王戎这吝啬鬼的形象更是深入脑际，不得不佩服他吝啬的程度和手段，绝对都是一流的。

王戎作为“竹林七贤”成员之一，能有这样庸俗的表现，是让人大跌眼镜的。他的庸俗，在小节、在生活小事之中，带有一种根性的、平民化的色彩，完全不像是高贵人士、富有门第的姿态，也实在是和“竹林七贤”不满于现实、不拘礼法、放情山水且常常宴集于林下纵酒酣畅的整体形象是冲突的。其俗在骨，是无法通过外界条件的改造和自我调适来完善的，正如余嘉锡所言——他是“天性鄙吝”。其实，他的这种天性，在当时“竹林七贤”成员之中，以及在当时社会上，都有较大程度的认可。在“排调门”中有一则故事说，嵇康、阮籍、山涛、刘伶在竹林畅饮，王戎后到，阮籍说：“俗物竟然来败坏人的意趣！”王戎笑着说：“你们这样的人意趣也是可以败坏的吗？”虽是带有调侃的味道，但在朋友圈里他“俗物”的形象是人所共知的。在社会上，王戎这一方面的影响也很大，刘孝标注引用王隐《晋书》中的话说：“戎性至俭，不能自奉养，财不外出。天下人谓为膏肓之疾。”其鄙吝的天性已经达到了一种病态的表现，是天下人所共知的。

“竹林七贤”终究只是三国时期曹魏正始年间所形成的一种松散的组织架构，是几位还算能处得来的朋友在一起放情山水、喝酒纵歌的产物。后来，因为思想倾向和政治态度的不同，“竹林七贤”很快就分崩离析了，成员之间甚至还出现了反目成仇的现象，以至于嵇康所写的《与山居源绝交书》也成了文学史上的名篇佳作。它的存活期实在也是太过于短暂了，然而后来的人还是赋予了它美好的含义，并围绕“竹林”一词做足了文章，或指放任不羁的饮宴游乐，或指莫逆的友情，都无不可；而所谓“七贤”，则会比喻为不同流俗的文人，也可以算是古今文人心中的桃花源了。但拨开美丽的外衣，比如聚焦于王戎，我们还是看到了历史的拐角处那一抹俗气的影子，有时真不免会生发些败兴的意绪，当然也有会心的一笑。

原文：

【任诞 23 · 1】陈留阮籍、谯国嵇康、河内山涛，三人年皆相比，康年少亚之。预此契者：沛国刘伶、陈留阮咸、河内向秀、琅邪王戎。七人常集于竹林之下，肆意酣畅，故世谓“竹林七贤”。

【俭啬 29 · 2】王戎俭吝，其从子婚，与一单衣，后更责之。

【俭啬 29 · 4】王戎有好李，卖之，恐人得其种，恒钻其核。

【俭啬 29 · 5】王戎女适裴頠，贷钱数万。女归，戎色不说。女遽还钱，乃释然。

【俭啬 29 · 3】司徒王戎，既贵且富，区宅僮牧，膏田水碓之属，洛下无比。契疏鞅掌，每与夫人烛下散筹算计。

【排调 25 · 4】嵇、阮、山、刘在竹林酣饮，王戎后往。步兵曰：“俗物已复来败人意！”王笑曰：“卿辈意，亦复可败邪？”

哀而不怨

晋室南渡，也算作是中国历史上令人感到沉痛的大事件，而对于北人来说，倘以“如丧考妣”一词来形容，一点儿也不过分。《世说新语》“言语门”中的一则故事说，江东的东晋王朝刚刚建立的时候，法度、法令等都没有订立，这时温峤作为刘琨的使者渡江而来，看到这个样子，内心忧虑重重。不久，他去拜访王导，向他陈述了愍帝司马邺被囚禁远方、社稷宗庙被焚毁、帝王陵墓被夷为平地等惨苦之状，情感上真有《诗经·黍离》一篇中所写的亡国之痛。温峤忠诚慷慨，深沉刚烈，说话时涕泪交流，丞相王导也和他一起相对落泪。

温峤所说的惨苦之状，仅仅只是庙堂之事的一点点情状。其实，生活在北方的老百姓，在异族的统治下，日子也是水深火热的，惨状更是难以言说。因此，这种对于中原沦丧的伤感，以至于相对而泣的情形，则比较多见了。“言语门”中的另一则故事说，过江避难的诸位人士，每到风和日丽的好天气，就相邀一起到都城建康南边的新亭，坐在草垫上聚会饮酒。周顗在座中，感叹地说：“风景没有什么两样，只是山河有了变化！”大家听了他的话，都对视流泪。“新亭对泣”“新亭泪”后来就成为典故，以表忧时之叹、家国之思。

那种感伤和无奈，从故事的描绘来看，是极为深沉的。

但这样哭来哭去，终究不能解决实际问题，所以在“新亭对泣”的故事末尾，王导终于沉下了脸，厉声厉色地对众人说道：“我们应当同心协力辅佐王室，恢复中原，何至于像楚囚那样相对垂泪呢！”所以王导一改务实的做派，团结了一批北方的士族成为骨干，辅佐司马氏建立了东晋政权。在王导的政治生涯中，他始终维护着司马氏政权的权威，并在清除王敦之乱和苏峻之乱的政治关口都发挥了辅佐之臣的重要作用，平息了一次次的政变危机；他又调和北方士族与南方士族以及各士族之间的矛盾，竭力保持东晋政权的稳定与发展。在温峤拜访王导的那次对泣恳谈中，温峤也是领略了一代贤相的才能与风采，并诚恳地表达了与丞相深相结交的意思，而王导也深深致谢并接受了他友好的诚意，所以温峤高兴地说：“我们江东已经有了管仲这样的贤相，我还有什么可忧虑的！”事实证明，温峤的判断和预见是非常准确的，王导后来的政治修为亦不愧为一代贤相的做派，并在历史上留下了较高的声誉。王导是王羲之叔伯一代的人物，也为山东琅邪王氏一门的兴盛打下了良好的基础，而这个家族的人才辈出和这位贤能的先祖人物亦是有着很大的关系。

忧时之叹、家国之思在王导的身上也是有所表现的。《世说新语》“企羡门”中有一则故事说，王导过江之后，自己说起了以前在洛水边多次与裴頠、阮瞻各位贤达一起谈玄论道的事。羊曼说：“人们早就以此来赞许你，何必再重复说呢？”王导说：“并不是说我要自我标榜，只是想念当日的时光不可再得罢了。”羊曼与温峤、庾亮等人都是晋中兴名士，官做到了丹阳尹，但他对丞相的意思还是没有理解对，所以王导就又申说了一次。除了时光不可逆之外，其实谈玄论道的喜悦、家国之思的哀叹都是分明的，也都充满了无可奈何的惆怅意绪，所以也只好留下“企羡”的份儿了。但我们现在读这则故事，却是能够理解出王导意在言外的情感，以及一种无怨无伤的情怀的，这应该还是王导作为一代名相而有别于其他常人的一个个性特征了。

“哀而不怨，哀而不伤”，务实精进，也许就是一个人心里最为强大的朋友了。

原文：

【言语 2·36】温峤初为刘琨使来过江。于时江左营建始尔，纲纪未举。温新至，深有诸虑。既诣王丞相，陈主上幽越、社稷焚灭、山陵夷毁之酷，有《黍离》之痛。温忠慨深烈，言与泗俱，丞相亦与之对泣。叙情既毕，便深自陈结，丞相亦厚相酬纳。既出，欢然言曰：“江左自有管夷吾，此复何忧？”

【言语 2·31】过江诸人，每至美日，辄相邀新亭，藉卉饮宴。周侯坐而叹曰：“风景不殊，正自有山河之异！”皆相视流泪。唯王丞相愀然变色曰：“当共戮力王室，克复神州，何至作楚囚相对？”

【企羡 16·2】王丞相过江，自说昔在洛水边，数与裴成公、阮千里诸贤共谈道。羊曼曰：“人久以此许卿，何须复尔？”王曰：“亦不言我须此，但欲尔时不可得耳！”

志在远山

《世说新语》“栖逸门”中所录的十七则故事，集中记载了魏晋时期一些士大夫和隐士的隐居生活。“栖逸”就是隐居赋闲的意思，它很形象地概括了中国隐士文化的精神特质。中国隐士文化，发轫于先秦，承续于秦汉，至魏晋趋于定型，已是变得相当的成熟，以至于成为高峰而后世不见超越。在此期间，一个明显的特征是，社会的视觉主要聚焦在隐士个体的言行上，而《世说新语》亦复如是，于是从这些故事中人们则大致可以了解到魏晋时期中国隐士文化的基本情况。

有一则故事说，阮裕在东山过着冷落凄清、无所事事的生活，但是心里却常常感到很满足。有人拿他的情况去问王羲之，王说：“这位先生几乎不惊宠辱，即使是古代深藏不露的隐士，又怎么能超过这种境界呢？”这个故事虽然是在称赞阮裕，但从另外的层面也说明要做一个隐士的外在条件就是要能够适应冷落凄清的寡淡生活，内在条件就是精神上要宠辱不惊，心理上要恬然自足。至于个体的生活状态，游散名山也好，吟啸林下也罢，那不过只是一个隐士在满足前边两个条件之下的个体生活表现罢了。

不过，阮裕开始并不是隐士，他是“竹林七贤”之一阮籍的堂弟，先前是做过官的，朝廷曾授他以金紫光禄大夫的官职，所以人们也称他为“阮光禄”。他在王敦手下干事的时候，“以敦有不臣之心，乃终日酣觞，以酒废职”，于是得免王敦之难而侥幸地活了下来。阮裕大致是迫于政治的压力，总之是后来多次摆脱牵连，一如孔子在《论语》中说的那样，“邦有道则现，邦无道则隐”，于是辞官不就，彻底地做了隐士。这是隐士群中的一种情形，还有一种情形是以隐为志、以隐为美的，他们步入社会就以归隐为志向，终生坚持操守做着隐士，如“栖逸门”中所载的刘子骥、翟道渊，他们都是南阳人，也都是历史上有名的隐士。当然也有一种情况，是先前做着隐士，而其志不在于此，或者是经不起外界的诱惑，就出山出仕去了，如鼎鼎大名的谢安，“栖逸门”中所载的孔愉、周卲等人，都是如此。

“栖逸门”中还有三则故事，是说三个不同门第的兄弟二人都是一人做官、一人归隐，却都是各有各的好，读来亦很有趣味。其一说，骠骑将军何充劝弟弟何准做官，弟弟却回答他说：“我老五的名望，并不比你骠骑将军差！还是算了吧。”其二说，武昌孟嘉在外做官，弟弟孟陋归隐，都很有名气。京城里一帮有名望的人想看看隐士的风采，就派信使对孟陋说哥哥病重。孟陋赶到京城，果然倾倒一时，见过他的贤达都很敬重他，于是相互传话说：“孟陋的才德如此，孟嘉可以死而无憾了。”这倒像是一场恶作剧了。其三说，戴逵在东山隐居，他的哥哥戴逯却想做官事功。谢安就问戴逯说：“你们兄弟二人的志向怎么有这么大的差别啊？”戴逯回答说：“下官不能忍受隐居的忧愁，家弟不想改变隐居的乐趣。”真可谓是人各有志了。

由此可以看出，隐士在当时社会中还是受到普遍尊重的。一方面，政治需要知识分子的参与，但非常忌讳他们过度参与，所以在这种博弈中，尊重隐士是基本的条件。另一方面，魏晋时期玄学盛行，谈玄论道几乎是隐士阶层的一种基本技能，他们和主流思想是合拍的，亦为社会民众所认可。另外，在统治阶层内部，有众多的官员也都是隐士出身，自然也会有一种惺惺相惜的情感因素在里边，所以隐士们也会有比较好的社会待遇。“栖逸门”中就有一则故事说，晋司空郗超每次听说有人想崇尚高远而隐居时，就会为他们备办百万钱财，并建造住宅。而戴逵就享受了这样的待遇，他给人写信说就像住进了官衙里一样。

隐士文化对后来中国社会的影响是巨大的，它至少为一部分中国人提供了一种生活的方向，一旦工作与生活不如意了，就可以选择归隐而清静无为去了。即使是不去归隐，但“栖逸”的精神理念亦尽可以调适社会的心态和士人的心理，特别是为知识分子描绘了一个思想的桃花源和精神的栖息地，而使社会和谐发展。魏晋以后，隐士文化代有传承，繁花绽放，不尽一一，仍然发散着奇光异彩。

不过，正如鲁迅所说，“非隐士心目中的隐士，是声闻不彰，息影山林中的人物”“但这种人物，世间是不会知道的”“所以我们倘要看‘隐君子’风，实际上也只能看看这样的‘隐君子’，真的‘隐君子’是没法看到的”。所以，归隐的志士未尝不是默默的大众，因而究其实际，我们确乎是应该从隐士个体的形象中跳将出来，而去体认隐士文化的内核，其志在远山却不无家国情怀，努力着做好自己的事情，并成为默默大众中的一人。

原文：

【栖逸 18·6】阮光禄在东山，萧然无事，常内足于怀。有人以问王右军，右军曰：“此君近不惊宠辱，虽古之沉冥，何以过此！”

【栖逸 18·5】何骠骑弟以高情避世，而骠骑劝之令仕。答曰：

“予第五之名，何必减骠骑！”

【栖逸 18 · 10】孟万年及弟少孤，居武昌阳新县。万年游宦，有盛名当世。少孤未尝出。京邑人士思欲见之，乃遣信报少孤，云：“兄病笃。”狼狈至都。时贤见之者，莫不嗟重，因相谓曰：“少孤如此，万年可死。”

【栖逸 18 · 12】戴安道既厉操东山，而其兄欲建式遏之功。谢太傅曰：“卿兄弟志业，何其太殊？”戴曰：“下官‘不堪其忧’，家弟‘不改其乐’。”

【栖逸 18 · 15】郗超每闻欲高尚隐退者，辄为办百万资，并为造立居宇。在剡为戴公起宅，甚精整。戴始往旧居，与所亲书曰：“近至剡，如官舍。”郗为傅约亦办百万资，傅隐事差互，故不果遗。